三民叢刊189

鹿夢

康正果 著

三民書局 印行

鹿夢

目次

鹿夢

伊蒂是個正在讀小學低年級的美國女孩，黑的頭髮，黑的眼睛。初次見她時，她略微有點怯生，只是抬起眼機警地審視了一下，隨即便埋下頭不再理睬，回到了她原先的自持中。她的神態令我聯想到一頭處靜而欲動的小鹿。伊蒂家住在康州的一個小城裡，那是一塊離鬧市稍遠的住宅區，一座座帶花園的房屋分佈在路邊的斜坡上，即使在假日的白晝，街道上也十分冷清。住在那裡的人們不是鑽入汽車一溜煙跑得不知去向，就是關在屋裡幹自己想幹的事情，誰都不願無故去打擾別人。一年到頭，所有的房屋都像正在孵蛋的鳥巢，都在持續的靜默中暖藏著只屬於自身的秘密。這樣，戶外的天地便給草木的生長和鳥獸的往來留下了更多的空間。

伊蒂的後院有一塊草坪，再往後走幾步，就是參天的樹林。從廚房的玻璃門向外望去，你還以為這家人就住在深林中的一小塊空地上。伊蒂的媽媽喜歡從門內向外望，她說她尤其喜歡在暮色中、煙雨中和落雪中凝望。她已經記不清有多少次，只要遇到景色變得模糊的時分，她就忍不住要向外望一會兒，她想看到景色的深處，想從中分辨出某種不同於平日所見的東西。但那到底是什麼，她又說不出來。她只覺得每看一眼，心中就柔和地一酸。她喜歡感受這酸味，於是經常就讓自己久久地注視下去。伊蒂有時也跟著向外好奇地望幾眼，她把鼻子貼著玻璃，她看見樹還是樹，草還是草。

這裡的冬季特別冷。去冬以來，頻降大雪，坐在暖和的房間裡望外面的雪景，伊蒂覺得沉悶而單調，空曠的視野猶如一堵白淨的牆。然而在那一天，伊蒂發現了新奇的東西。

那天是中國的大年初一，這裡的一切一如往常。不會有人想到這個異國節日的來臨，只有伊蒂的媽媽獨自在她的心裡過年。她知道，實際上所有的日子本來全都一樣，都始終在排隊走過她的生命，是人自己給自己確定了一些值得慶賀或紀念的日子。人不能過沒有節奏的歲月，時間若沒有節奏，人就會失去記憶。她還知道，所有的節日都植根於各自所從屬的地域，失去了它應有的氛圍，它只不過是日曆上一個空洞的日期。她打開了錄音機，「春江花月夜」的琴聲笛韻立刻給這間屋子注入了其中所缺少的氣氛。

她正沉思在樂曲中，伊蒂突然叫她去看外面。

"Oh, godsend!"她興奮地低聲喊道。她看見了三隻鹿：一隻駐足在草坪邊上，另一隻在近處觀望，還有一隻就立在玻璃門前。它耐心地向門內打量，儼然一位來拜年的嘉賓在等待開門。她覺得這是個吉兆，她把那三個來訪者稱為"Magi"。現在伊蒂和那隻鹿只隔一層玻璃，牠的淡黑而光滑的鼻尖幾乎貼住了玻璃，近得能看出鼻孔的翕動，以及結在牠嘴邊細毛上的晶晶霜花。

這絕不是我憑空想像出來的情景，那祥瑞的一刻就凝結在我手中的一張彩色照片上：照片正是從門內拍的，三隻鹿木雕般地站在戶外的陽光下，連牠們在雪地上的影子都拍得清晰可見。好似在醒後追尋殘夢的痕跡，我竭力回憶我在照片中的那扇門裡裡外外曾經歷的事情，我想用往日的印象為這幅孤立的畫面填補上應有的上下文。

可惜這片刻的鹿夢被連天的花炮聲打斷，炸裂的脆響使我意識到我此刻離那裡已非常遙遠。我坐在自己的家中，這裡是中國西部的一座名城，春節的假期已經結束，但稀落的炮聲依然拖延著過年的熱鬧氣氛，它每一響似乎都竭力要把人們浮躁的興奮成倍成倍地擴散開去。每一年都是這樣：從年前的數日就有零星的炮聲迫不及待地響起，到除夕和初一，便響到了全城轟鳴，此起彼伏的程度。齊鳴的鞭炮像無數機關槍在連續掃射，空中瀰漫的硝煙嗆得人喘不過氣來。誰要是在此刻正好從夢中驚醒，很可能會以為外面發生了戰爭。我不知道有多少心臟病患者在這種情況下猝然發作了舊病，只見報紙上常說，每年春節前後，城內的火災都比平時要多。人們歷來都好圖個熱鬧和吉利，自然也就習慣了聒噪。

我甚至可以說，聒噪就是這個城市存在的方式。比如，城裡頭車擁人擠，環境本已十分嘈雜，但街上的店舖和公共場合卻終日播放震耳欲聾的流行歌曲。這些音量大得扭曲了音樂的聲響其實並非要供人們欣賞，而是用來叫賣和招徠，是被作為商業的繁榮而大肆炫耀的。喧鬧已經成為這個城市掩蓋其內在空洞的傻笑，正如一個失聰者習慣用高聲同人講話，他並不知道自己發出的聲音有多麼刺耳。嘈雜最終成了這裡的人們所依賴的東西，如果沒有各種聲響聒噪他們，他們反而會心慌，會氣悶。因此，他們都熱衷於製造噪音。

花炮的前身本為炮竹。傳說在上古時期，為了在辭舊迎新之際驅鬼避邪，先民點燃竹子，讓火中爆裂的竹子發出的響聲嚇走他們所畏懼的東西，其中自然也包括在那個時代對人構成威脅的動物。

在今日的地球上，動物早已不足畏懼。特別是在人滿為患的中國，城市的發展日益像潰瘍一樣吞沒著森林草原，倒是殘存的動物最畏懼人，牠們都躲入了為數很有限的藏身之地。放炮早已失去了人自己給自己壯膽的意義，它現在純粹成了耀武揚威，是一種群體自大的膨脹。它所製造的虛假繁榮並不值得慶賀，煙消火滅之後，真正令人感到可悲的是，動物再也不來訪問我們。早在兩千多年前，孔夫子就發出了「鳳鳥不至」的哀嘆。

因此，我非常神往伊蒂一家人在新年那天看到的吉兆。再次注目這張剛從美國寄來的照片，恍若真正見到了the Magi的神奇來訪，漸漸地，我又沉入了鹿夢。

穀倉與廊橋

不同的地域或國度各有其獨特的古蹟，中國有礦藏一樣挖不完的古墓，歐洲保存了太多的古堡，美國當然沒有這樣級別的文物，她只有她的穀倉和廊橋。也許就中國和歐洲的尺度來說，這樣的東西算不上什麼。但相對地看，所謂古蹟，總是得根據其所在地域的具體情況而定的，一塊開發不過四百年的新大陸，能保存一些二三百年的房子，一百來年的橋樑，也就算是夠古老的了。

這是兩種農業時代遺留下來的建築，同樣的粗木結構和高大間架，同樣地遍布在北美鄉村的大地上，直到鄉村似乎已離人遠去的今天，你仍然隨處可以看到它們那些越來越變得晦暗的輪廓。同天下所有的建築物一樣，它們當然免不了風吹雨打的遭遇，但其中也有一些個別地得到了特殊的保護。美國人頗喜歡給自己的國家及時樹立歷史的里程碑，反正他們已經確定了穀倉和廊橋的文化形象，不管這些東西是不是悠久得達到了該稱為古蹟的年齡，只要是攝入了鏡頭，構成了畫面，它們就同背後的田野，流經的小河，一起組成了野趣盎然的景象，被作為那個樸素的農耕年代延伸到今天的紀念，推到了你的眼前。

我第一次注意到美國的穀倉是在一個夏日的黃昏。我和來我家做客的妹妹正走在紐海文通往漢姆頓的大路邊，看見不遠的地方有很多人聚集在一起，我們就好奇地向跟前走去。原來是一群人在練習跳舞，男女分排成兩隊，隊頭伸到了門外的空地上，隊身拖在大門內，教練在中間示範著，大家都緩慢地作出有點叫人覺得呆板的舞姿。這不就是在電影上看到的穀倉舞嗎？我心裡想著，同時打量起眼前的房子，這時才看出那是一個從前的穀倉。山形的屋頂，盒子一樣用木板釘起來的四壁，可以進出車輛的大門開在前面的山牆下。似乎再找不到什麼值得欣賞的東西了，整個的結構非常簡單，除了結實耐用和出入方便的功能以外，從它的各部分比例適當的構造再看不出還有其他多餘的目的。它的外觀一直都像它從前剛落成時那樣單調，重新刷過的油漆以它那一如往昔的暗紅蓋盡了歲月的痕跡。現在，它被當地的居民作為穀倉博物館保存起來，成了這些穀倉俱樂部的成員活動的場地。他們大都是上了一點年紀的男女，在曾經住過牲口的屋頂下，他們正在自己給自己排演節目，對於這種古風猶存的熱鬧，飛馳而過的駕車者顯然一點也不感興趣。

那一天的收穫實在不少，就在我們繞著穀倉尋尋覓覓的時候，對周圍的一切都顯得好奇和敏銳的妹妹又發現了新的目標。她指給我看大路的那邊，我看見了一座建在小河上的廊橋。遠遠地望去，我覺得它同這邊的穀倉外形上頗為相似，兩座建築隔路相對，就像廢棄在大路兩旁的巨型車廂。廊橋也漆成了同樣的暗紅色，兩側用木板釘得很嚴實，一邊有一個瞭望哨口一樣的小方孔，只可以從裡面看到橋外的景色，很難從外面看見橋內的情況。廊橋和穀倉的內部都比較昏暗，即使是在白日走進其中，你也得待上一會兒，等眼睛習慣了那裡的光線，才能夠看清粗大的方木交錯構成的屋架。同我在大陸見到的很多名勝古蹟處的情形有些類似，在這座廊橋內的方木上隨處可見那些「到此一遊」的人用筆或刀留下的名字，還有心形的符號和英文的「愛」字。看見這些似乎是情人們留下的記號，我自然想到了不久前風靡中美兩國的小說《廊橋遺夢》（一譯《麥迪遜之橋》）及其同名電影。在那個有關一對中年男女的動人故事中，野花叢生的河岸與黑洞洞的廊橋始終是他們從邂逅相逢到生死永訣的背景。在拉遠了距離的中國，廊橋的異國情調似乎更有魅力，據說在該電影流行之日，北海公園裡還特別搭起了臨時的廊橋，專供戀人們到那裡去留影紀念。廊橋於是染上了一抹浪漫的色彩，彷彿中國古代傳說中的藍橋，它被想像成典型的幽會之處，成了一個躍向在水一方的跳板。

事物的起源往往與後來的附會相去甚遠，不管人們把廊橋想像得多麼浪漫，所有的橋樑實際上都只是為方便行人和車輛而修建的。至於進一步又在橋上加頂，以致形成式樣獨特的建築，當其草創之初，是絕不可能想到要為幽會者遮風蔽雨的事情的。相反，橋樑建築師首先想到的是橋樑本身的結實耐用，是擔心橋樑建成後遭受雨雪的侵蝕，導致將來付出大量的修理花費。據一冊廊橋圖像史的編者說，正是基於這一實際的考慮，最早是費城的建築師建成了他們的廊橋。大約在十九世紀最初的十年間，美國的第一批廊橋就這樣在費城一帶被率先建立起來了。當然，除了上述的首要目的以外，據說廊橋還有一些附帶的功能，比如可以供行人在橋上臨時躲避雨雪；使那些為防腐而塗了油的木橋能保持較乾的路面，以免它們因受潮而變滑；屋架和橋身連在一起，也有助於整個橋樑的加固；使橋上的交通更加安全，拉車的牛馬看不見橋下的流水，自然就不容易在橋上受驚。總之，當初給橋加頂時考慮的因素的確不少，但其中恐怕沒有一條是為天下的有情人著想的。如果說到了後來，遍布北美大地的廊橋和男女之事沾上了邊，也只是它固有的遮蔽作用產生了被借用的效果罷了。彷彿一節短短的隧道，在光天化日之下跋涉了漫長旅程的馬車突然駛進了廊橋，坐在車內的人一下子得到了從行人的視線下隱蔽起來的機會。我們完全可以想像，如果是兩個戀人，他們也許就會在此刻乘機溫存一番。因此，在廊橋之鄉，很多人便稱那些橋為「吻橋」，據說從前年輕的戀人坐車經過廊橋的時候，通常都故意讓車走得很慢，男的此時就能把女的親吻一下。如果要談有關廊橋的風流傳統，從那個樸素的年代傳下來的，大概也就是這一點點簡單得無從發揮的信息。現在的男女不管在任何地方都可以旁若無人地接吻擁抱，他們恐怕再也沒有必要去專心等待進入廊橋內的那一刻短暫機會了。

隨著現代交通系統的長足發展，過去的很多要道都在廢棄後沒入了荒草，曾為必經之途的不少廊橋也一同被遺忘在歲月的記憶之外。沒有人再注意它們，也沒有足夠的財力維修它們，它們一直在風吹日曬下剝落，而且還會不斷地剝落下去，直到慢慢地倒向其下的流水之中。只有那些還受到保護的廊橋在當地的範圍內被列為風景名勝，成了某個局部景觀的核心，醒目地點綴著周圍的山川林木。它們於是就成為旅遊者的目的地，吃野餐的好地點，人們留影時都喜歡選擇的背景。在印地安納的帕克地區(Parke County)，所保存的廊橋至今還有三十六座之多，那裡每一年的夏天都舉行「廊橋節」的勝會。

穀倉的形象好像不像廊橋那樣詩情畫意，有用的穀倉至今依舊在使用著，而廢棄了的最終都會化為泥土。在某些專供遊客參觀的模型農莊裡，牛馬豬羊就像動物園的動物一樣餵在木欄之內，所謂的穀倉，就是這些動物被人們看厭了之後，轉回頭棲身的木頭房子。有必要在此說明一下，把英文的"barn"譯為「穀倉」兩字，是有些以偏概全之嫌，因為這種美國農莊的大房子除了存放穀物，也存放農具和乾草，而且更多的情況是用作牛馬等牲畜的住處。

在著名的小說《動物農莊》的開頭，深夜裡瓊斯先生的家畜家禽就是在他家的「大穀倉」裡開牠們的造反大會的。這幾乎是一種挪亞方舟式的建築，凡與農莊的生產有關的東西，大概都可能充塞在那個可以被隔成很多局部空間的屋頂下。就我個人的經驗來理解，美國的穀倉差不多就等於中國大陸公社化時期生產隊的大倉庫加飼養室。打一個比方，穀倉之於農莊，猶如車間之於工廠，農家的全部家當主要都集中在那裡面了。

穀倉是深邃而廣大的，它有的是拐彎抹角的空間，因此也像車間一樣被安排成電影中打鬥的場地和殺人的地方。穀倉的上層總是堆放著乾草，在其僻靜角落的草堆裡，則是電影中偷情的鏡頭常常對準的焦點。廢棄的穀倉也是躲藏者或流浪者的棲身之地，它的陰暗的內部讓人覺得恐怖而神秘，與浪漫而點綴著鄉野景致的廊橋形成了明顯的對比。有一位美國女士講了她的一個奇夢，她夢見她先是在穀倉的角落和一個人做愛，正做到雲濃雨密的時候，忽然闖進了一隻黑狗，她嚇得逃了出去，躲進了一座廊橋。這位女士的夢巧妙地溝通了這兩種建築被想像的形象，她一定是看了太多的電影，致使自己的慾望都成了影視慾望的翻版，連她的興奮和恐懼也落入了戲劇化的模式。

我們已不習慣赤裸地作出自己的行動，我們喜歡為自己的行動製造變換著的環境，正如身體需要包裝它的各種衣服。製造了那類典型的環境，我們的行動才能從日常生活的平庸性中超脫出來，才有了可以講述的故事性，而穀倉、廊橋之類的建築才被牽扯到想像網絡的語境內，才在其日益剝落的輪廓中顯示出那個純樸時代的召喚。

東岩

榆城的治安近來變得每況愈下，並不太大的市區內竟分了很多塊或好或壞的地段。常常是在這一條街上你還可以信步緩行，轉個彎踏入另一條街道，便冷清空曠得有點可怕，行步之間不由得緊張起來。這種過敏的反應當然與我初到此地聽到的告誡有關，我們一家人剛在較安全的橘街上住下來的時候，周圍的好心人就不斷提醒我們哪裡可以放心地去，哪裡發生過暴行，不可以去。

那時正是大熱天，黃昏時帶著孩子散步，我只敢走到附近的街頭公園內，公園背靠的小河就成了一條天然的界線。河水很平緩，幾乎看不出流向，再加上河那邊茂密的樹叢和蘆葦綠得發黑，眼前正對的世界便顯得十分深幽。於是，我就站在公園的草地上望河面，望樹叢，望樹叢後拔地而起的小山。小山名叫東岩(East Rock)，它也確實是一塊巨岩。山腳和山腰完全沒入草木的濃綠，只是在接近山頂的部分，才裸露出赭色的峭壁。東岩是座平頂山，向著橋街的峭壁呈半圓狀，遠遠望去，就像一座頹廢的巨大碉堡。很多次很多次，每當我遲疑在遠處的車流之中，找不到回家之路的時候，總是那碉堡型的巨岩以其醒目的赭色在開闊的天宇下向我顯示歸途的方向。在高速公路上驅車疾馳，常常會突然產生一種眩暈，但只要眼前出現了東岩的輪廓，我立刻就覺得把握住了某種靠得住的東西。人一旦被拋入陌生的空間，最容易變得呆鈍，你必須去發現或確定一點點眼熟的標誌，好來確立自己的方位。

東岩就是這樣的標誌。在初來榆城的日子裡，它成了我在戶外活動時習慣注視的目標，也是城內最讓我感到悅目的一個景觀。我特別喜歡一早一晚站在河這邊向山頂上眺望，那時候常有鳥群在其上盤旋。有白鳥，有黑鳥。白鳥來自海上，翅膀很長，飛得十分輕捷，牠們喜歡在半空中滑翔，飛機般地繞來繞去，好像在勘測山頂上有什麼適於著陸的地方。黑鳥多起於河邊的林中，牠們總是亂哄哄地叫著，急促地撲打起翅膀，紛紛揚揚飛向山頂。這時候碉堡型的東岩又像是高大的鳥巢。

日子一長，緊箍咒也就慢慢鬆了下來。我漸漸發覺，很多地方變得偏僻而令人感到危險，往往與人們對那些地方的躲避、放棄有關，是人為的空曠給暴行留下了過多的空子，正如荒蕪促進了雜草的茂盛。據說，與東岩遙遙相對的西岩(West Rock)從前也是登臨憑眺的勝地，如今卻成了壞人出沒的險境，再也沒有誰敢到那裡去遊玩。幸好我們這裡的居民還沒有放棄東岩，我站在橋頭上，每天都看到，跑步的，騎山地車的，常常都沿著橋那邊的環山公路向山上奔去。美國人似乎並沒有散步的習慣，恐怕也不會有登高望遠的雅興。對他們來說，登上東岩，或跑著步，或騎著車，只是為了運動，為了讓整天坐著汽車疾馳的軀體有一點活動的機會。他們住慣了這個依山傍水的環境，登上東岩的路徑對他們大概並無多少遊覽的吸引。我想只有我才會滿懷尋幽的興趣。我終於大著膽走過了橋，走進了樹叢，在山下找到了一條小路，踏著荒涼的石級登上山頂。

後來，東岩便從一個僅供我眺望的目標變成了我隨時都可以登上去俯覽整個榆城的地方。在秋色濃郁的日子，在寒風凜冽的冬季，在或晴或陰的週末，我在山頂上總會看到跑步或騎車上來的美國人，男的，女的，胖的，不胖的，滿頭大汗，把脫下來的上衣繫在腰間，從那頭跑上來，又從這頭匆匆跑下去。在他們看來，山頂大概只標誌著可以克服的高度和他們的耐力能夠持續的時間。似乎永遠只有我一人從自己愛走的小路上悠閒地走上來，然後站在山崖邊邊上向下呆望，望城裡的街道和房屋，並從中辨認我已經熟悉的某些處所，再讓目光沿著城與城之間的公路，去尋找我去過的地方。最後就直愣愣對著市區盡頭的海灣，永遠都只看到茫茫一片，環顧四周，只見圓天鐘罩一樣扣在大地上。我一再提醒自己，我現在是在天涯海角，是屹立在山頂上向大西洋眺望。遙遠的地方，異國的山水，巍然的身姿，豈不都是我從小就嚮往的情境！然而，此刻又怎麼樣呢？空曠吞噬了一切，我讀不懂它的沉默，從來都是一樣呆板的海面比一堵大牆還要令人感到枯燥。每一次我都望得很久，一直望到眼睛發困，才頭腦空空地向下山的小路走去。

磨坊河

磨坊河從上頭的水庫緩緩流下來，經東岩向海灣那邊蜿蜒而去，只有從東岩下繞過的那一段，河兩岸沒有封閉，濃密的樹叢中有跑步的小路，你可以從橋街沿小路一直向上走到水庫下的廊橋邊。水庫是城市自來水的水源，往上的很長一段沿河地帶都不得進入，我多次想找到一個可以接近河邊的入口，始終都被鐵絲的障礙遠遠隔在外邊。從障礙之外遠眺河那邊的景色總是令人神往的：有大片的草地從密林中露出一塊開闊的空間，隱隱可見白色的房屋。有密集的松樹峭壁一樣聳立在河岸上，終年把冷冷的蒼翠倒映在靜靜的河水中。有回環曲折之處積下了大片的深水，湖泊一樣串在樹林間，常有水鳥在遠處的水面上游動。樹木因臨水而更加幽深，水因樹木環擁而愈顯得沉靜，樹木與水均因被隔阻在一定的距離之外而使人置身觀望的位置，也使觀望中生出了一種說不清到底是什麼的吸引力。當然，並無人有意要為過路者設計這樣的觀望效果，那些無法接近的地方不是私人的地產，就是市政當局為了特殊的保護而圈起來的。我們也許應該贊賞這樣的封閉，若不是永遠謝絕外人入內，這裡就未必能維持住林深水靜的環境，也就很難為我們這類心懷企慕的觀望者保留下如此悅目的風景了。

風景中常引我注目的是一對天鵝。不管是什麼時候，或夏日晴和，或秋雨淒迷，或灰蒙蒙的冬天，我從河邊驅車經過，偶一留意河面的景色，有時就會瞥見天鵝的身影。我不知道這條河上到底有多少天鵝，只是每次見到的均為一對，我便以為所見者無非那同樣的一對。我看不出這兩隻天鵝有什麼區別，也看不出所有的天鵝之間有什麼區別，只見牠們都同樣的潔白，都昂起同樣長的脖子，穩重地浮在水面上，好像在端詳自己水中的倒影，長久地待在一處不動。眼前的一切都趨於靜止，隨著我驅車前行，水面便框入了車窗，天鵝就進入了前景。但更多的時候，我只瞥見一片空闊，除了水還是水。唯有到了每一年餘寒漸退的春日，從東岩下的那一段河邊走過，可以看見這一對天鵝一天到晚都待在一處固定的地方。

我常去河邊的小路上散步，身上不舒服的時候去，讀書寫作不順的時候去，心裡的孤獨又像海畔的暗礁從水中暴露出來的時候去。去活動筋骨，去清醒頭腦，去同那個暴露出來的暗礁重合，好讓自己沉入身外的寂靜。春天的樹林裡依然一片蕭條，近水處大片乾枯的蘆葦凌亂倒伏在淤泥中，正在風吹雨打下慢慢爛掉。也許是我進入了其中的緣故，也許是常有人來這裡走動擾亂了什麼，周圍的景物看起來蕪穢而平淡，遠不如上游所見的那樣秀麗入畫。

那一天走在河邊，我正在想到好久沒在這一帶的水面上看見那一對天鵝的時候，抬頭就看到河灣那邊倒伏的蘆葦叢中有一塊發白的東西。走到近處，才清楚地看出，是一隻天鵝一動不動地伏在葦叢中。我再向周圍望去，又看見另一隻從河灣的上方游來，一副認真巡視的樣子，機警地守護在附近的水域上。我立刻明白我看見了什麼，春天來了，原來這一對兒一直躲在那邊孵蛋呢。那是一塊安靜的河灣，看起來雖近，但我繞來繞去，始終都走不到跟前。鳥兒也有牠勘察地形的本能，牠們特意在那邊結下孵蛋的鳥窩，顯然是發現那兒十分安全。那兒既接近人跡，不會有野獸出沒的危險，那兒又在水一方，讓小路上的散步者只可觀望而難以到達。

自從有了這個發現，我增加了去河邊散步的次數，不管在什麼時候，不管是什麼天氣，葦叢中的窩上總有一隻伏在上面。雨中牠淋雨，風中牠浴風。牠好像粘在了窩上，好像是木雕泥塑的。就這樣一天又一天，幾十天過去，我從沒有見牠離過窩。終於有一天我覺得夏天來了，走到那兒又注目對岸的葦叢時，愈加凋敝的葦叢一下子空了許多，尖尖的蘆芽已遍地頂出了蔥綠。天鵝呢？我正在疑惑，一轉眼看見河灣深處的水面上兩隻大白天鵝的尾後緊跟著三隻灰褐色的小雛，茸茸的羽毛還有一些濕意，好像絨做的玩具鴨子落到了水中，歪歪斜斜的醜樣子，游得還不太穩。

牠們在夏日漸漸長大，牠們的羽毛慢慢變了顏色，不知到了哪一天，當我又在河面上遇見天鵝的時候，三隻長大了的天鵝已不知飛向何方。還是這碩大的一對兒浮動著牠們白色的身影，說不上什麼時候又從車窗外的水面上靜靜地移入前景。牠們昂首臨水，平心靜氣，安穩如船。好像牠倆從未孵出過小雛，好像牠倆從未丟失過子女，好像牠倆向來都是孤單的一對。一年，兩年，三年過去了，牠們唯一記得的就是，每一年到了春天，幾十天不動地伏在河灣葦叢內的窩上，然後為河面上帶來三隻小雛，然後只剩下牠倆留守在這一帶的水域上。

現在，季節又進入了初夏，河兩岸嫩綠一天比一天濃密，鳥聲也一天比一天繁多。昨天我去那兒散步，已經是第四度看見那一對天鵝在葦叢內的老地方熬牠們漫長孵蛋的最後幾天了。時光在消逝，節序在重複，牠們的耐心始終依舊，牠們的身影永遠潔白，牠們只記得必須在那邊伏下去，但絕對想不起自己有什麼丟失。

牡丹天堂

從耶魯車行到多馬鎮(Thomaston)約用了一個多小時，高速公路一直在曠野間向前延伸，路兩旁不時有孤立的矮小山巒突起，山上山下，全長滿了茂密的樹木。已經是初夏時分，新英格蘭的大地上依然花枝爛漫，還在持續吐放著暮春的熱烈和豔麗。一路上望去，團團簇簇的深紅淡紫點染在叢叢嫩翠之間，只覺得滿眼都是怡紅快綠。我想起了那句「亂花漸欲迷人眼」的唐詩，該詩所寫的似乎正像我此刻目睹的情景：盡是我生平頭一次看到的花木，全都叫不上名字，簡直像面對一幅幅印象派繪畫，鮮活明快的色塊幾乎看得人有點昏眩。我喜歡走向陌生的世界，我渴求在感受神奇的同時產生對舊事舊物的懷念。譬如此刻，走這趟穿越花林的旅程，就是要去看我很熟悉的一種花木，中國人差不多都能認識的牡丹。

牡丹在中國一向有國色天香之譽，其色彩之濃豔，花朵之肥碩，姿態之端莊，最富有雍容華貴的氣度。在喜歡用等級制的眼光品評萬物的國人眼中，極容易令人聯想到世俗榮耀的牡丹便被推上了最高的品位，成了群芳之冠，花中的國粹，也成了繪畫、繡品、瓷器和絲綢布料的圖案上常被描繪的花樣。也許正是因為牡丹已經被造就了這一代表華夏之美的形象，很多對中國文化感興趣的美國人才對此花特別喜愛，把它視為花園裡的珍品。我們要去的多馬鎮蟋蟀山花園(Cricket Hill Garden)，據說那園主戴維・富曼(David Furman)就是一位愛牡丹的養花人。

那是一個從樹叢和亂石中開闢出來的花園，平緩的山坡已被修成了一層層梯田，大小不等的牡丹，還有少量的芍藥，就稀疏地長在人工修築的平臺上。梯田的邊緣全用就地取材的石頭疊起，花床內堆著很厚一層正在變成黑土的腐葉。戴維一邊伸手抓起混雜著殘葉的黑土，一邊告訴我們，這裡的土質非常貧瘠，為了避免施用化肥，他就用小推車把林中的陳年敗葉一車車推到梯田中堆積起來，肥沃土壤。戴維的頭髮已經大半變白，但人顯得十分精神，牛仔褲的褲管高高挽起，臉上、胳膊上，全都曬成了美國人都喜歡的那種黃褐色(tan)。他的手明顯是一雙勞動的手，指短而骨節略粗，掌上長起了發黃的老繭。我們向山坡的低處走去，那裡的梯田還沒完全修好。戴維對我說，所有的梯田都是他和他的年輕的妻子親手修成的。

他的妻子卡霞(Kasha)臉上和胳膊上也曬得同他一樣膚色黃褐，可以明顯地看出，她不過三十多歲，恐怕要比他年輕一半。我很想知道他們夫婦倆怎麼動起了專門栽培牡丹的興頭。

戴維便給我講起了他們的這段因緣。他說他相信他上一輩子肯定是個中國人，既沒有受到家庭的直接影響，也沒有得到什麼人的特別指引，他從小就喜歡各種與中國有關的東西。因此，他一直想學中文，想研究中國文化。可惜他嘴太笨，耳朵也比一般人鈍了許多，到頭來並沒有學會多少中文。後來他就做起了廣告生意，但對中國文化的癡心並沒有死，他前後用了六年的時間在紐約上業餘大學，專攻中國政治史專業，最終拿到了碩士學位。戴維還有另一個愛好，他從小就喜歡在自家的園子裡種花養草，對於草木的生命，他說他有一種異乎尋常的感通。往往是別人丟棄的或已被弄得半死不活的花木，一到了他的手中，就能養得生意欣然。大約是在十五、六年以前，他與他的前妻剛剛離婚，當時他的心情非常煩悶，就在他所住的榆城的一個庭院裡養起了牡丹。那時他對這種中國名花的了解還很有限，只是從別人手中買來幾盆養養而已，並沒有想到把種花當自己的事業去搞。

也算是天緣巧合，那一年他家的牡丹開花的時候，卡霞和她的朋友前來他家賞花。她是一個從事裝飾設計的工藝美術師，對種花養草也特別喜愛。他送她一盆牡丹作為初次見面的禮物，而這盆花從一開始就有了定情之物的性質，使他們這兩個素不相識的男女從此交往起來，最後結成了夫婦。

我調笑地說卡霞前世是一叢牡丹，戴維大概就是曾養過那叢牡丹的主人托生的。因為牡丹不但促成了他們的婚姻，而且成了他們婚後的共同事業，最終改變了他們後半輩子的生活方向。他們早在一九八五年就選中這塊向陽的坡地，經過了一番經營，戴維在一九八八年正式退休，他和卡霞帶了自己的兩個孩子遷到了這裡定居。在美國這樣的國家，一個人往往就有在人生的中途按自己的心願換一種活法的自由和機會，你可以隨時放棄你厭倦了的事情，也沒有人干涉你把正當的夢想變成現實。現在，他們就過起了以養花為業的園林生涯，在一年絕大多數的日子裡，寂寞而辛勤地勞作，只是到了近來這樣的開花季節，才有遊客從四方奔來，他們才在奼紫嫣紅中感受到同他人共享繁花的喜悅。他們向每一個來客熱心地介紹園內的各色品種，有姚黃、魏紫、趙粉、王紅……。其中有不少正綻開小碗口一般的花朵，使那些很少見到「千重瓣」的牡丹花的美國人發出了連聲的讚嘆。

十幾年前，戴維正是不滿足僅僅栽種從其他美國人家移來的單瓣牡丹，想從中國引進開重瓣花的珍品，才產生了專門栽培牡丹的野心。他說他曾多次給中國大陸有關的官方機構寫信，大都沒有回音；有的回了信，答應給他花木，但從來也沒兌現。後來他去了山東的荷澤，交上了朋友，找到了訂購牡丹的可靠來源。但是，要從那樣遙遠的地方，漂洋過海，把一種長在土中的東西運到他的蟋蟀山花園裡栽培，畢竟是一件事倍功半的事情。常常花很多錢買到手的植株，等運到了園中，早已大量枯死。有時候在進入美國的海關檢查時被發現根上帶的土裡有可能傳播病害的蟲子，海關人員就把那些牡丹統統扔掉。他十分痛惜地說，買回來十株，能養活三四株已經很不錯了。就是這樣辛勤經營了多年，他的花園裡如今才成功地培育了六十多種中國的「千重瓣」牡丹。

有一個來自洛陽的園藝專家把蟋蟀山花園叫「牡丹天堂」，戴維就用這四個字命名他自編自印的一分牡丹小報。現在，這分小報已出了兩期。它是一分向外界宣揚蟋蟀山花園的刊物，是向美國的牡丹愛好者介紹中國牡丹文化的信使，也是他們這些牡丹種植人交流經驗和感想的論壇。此外，戴維還專門蒐集一切有關牡丹的文字資料，從《聊齋誌異》中的〈香玉〉，到李約瑟《中國科學技術史》中有關牡丹栽培的園藝學章節，他都拿出來讓我翻看。我打趣地問他：「你願不願像〈香玉〉中的黃生那樣死後化為牡丹？」他笑著說他願同卡霞在將來一起魂歸草木。

阿美什之鄉

我們的汽車開進了賓州的蘭卡斯特(Lancaster)地區，從車窗後看到的一直都是大片平曠的田野，以及分散在路邊或遠處的房屋。有的房屋顯然是一般的住家戶，屋外也有草坪，門前也停著汽車，看不出什麼與眾不同的地方。有的房屋則明顯是農家的院落，住宅的附近一般都毗連著高大的穀倉，穀倉旁邊多豎起一個巨型圓柱體的建築，好像化工廠的什麼設備似的，銀灰色的金屬外殼在晴日下凸現出美國農莊的標誌。大家都不太清楚這個名叫“silo”的東西到底做什麼用處，我只是從書上了解到，把它們做成密封的圓柱體，為的是貯存餵養牛馬的青飼料。好了，那就叫它飼料貯存塔吧。車開得很快，注視著一家家一掠而過的農莊，我一直在留意搜尋我想看到的特殊景觀。屋外的空地上可以看到一些農械，有的家停著拖拉機，這當然不是我們大老遠跑到此地來參觀的對象。有的家停放的確實只有馬車，而且有不同式樣的馬車，對了，那大概就是我們要看的阿美什(Amish)農家了。這時候導遊向大家宣布，我們已進入阿美什之鄉。他提醒我們，此處尚屬它的外圍，更為典型的景觀還在後邊。

早就聽說過阿美什人的故事，說是在二百多年以前，賓夕法尼亞的開發者從歐洲請來了三百多以務農著稱的阿美什人，讓他們在這塊豐饒的土地上經營農業。從此以後，這個具有獨特信仰和習俗的基督教派便陸續移居到美國，在新大陸上過起了他們與眾不同的農耕生活。他們的基本原則是堅持教會與國家的徹底分離，一要過和平安寧的日子，二要維持嚴格的樸素生活。因為他們反對打仗，拒服兵役，故在歐洲曾一度受到迫害，大約只是到了美國這樣允許不同的生活方式自由存在的國家，他們的雙手才保住了不沾血只沾土的潔淨。至於樸素的生活，在從前樸素的農業時代，那本是普通農家日常的生活狀況，其實並沒有什麼可以特別稱道的地方。但是進入二十世紀以來，特別是在發達的美國，阿美什人斷然拒絕已普及到社會各個角落的現代化設施，進而群體地堅持其傳統的生活方式，甘願守成在時代的後面，這就不能不說是一種難能可貴的選擇了。顯然，這正是阿美什之鄉如今成了遊客觀光勝地的原因。阿美什人固守的「落後」也因此有了光彩，在當代發達社會寬鬆的縫隙間顯示了它獨特的價值。因此，要談起阿美什人的落後，首先應該弄清，它與世界的其他地區普遍存在的落後狀況根本不同。比較而言，貧窮地區的落後是生產和生活的水平整體低下的結果，對生活在其中的人民來說，落後只會帶來苦難和赤貧，它是人們急欲擺脫的處境，並沒有什麼值得觀光之處。這裡的落後則應被視為阿美什人的福分，那是一種「狷者有所不為」的做法，一種過上了富足的生活才有條件享受的古樸，也許只有在特殊的基督教社區和美國這樣的大環境內，才有可能發揚光大這種拒不效法外界的精神。

我們的車只是從這裡路過，並沒有太多的時間到專門接待遊客的人為景點處去消費出售的民俗。於是我們就把車徑直開進了阿美什農莊的腹地，去親眼看一看他們到底在怎樣生活。仍然是大片平曠的田野，仍然是遠近分散的農舍，四周靜無聲息，只見更多的飼料貯存塔在四方高聳起圓柱體的剪影。西斜的夏日在這塊單調的土地上拖延得特別遲緩，拿一路上所見的飼料貯存塔與地裡遇到的農人相比，人確實比塔的數目還要稀少。最先看到的是個頭戴阿美什草帽的農夫，著淡藍色的短袖衫和黑布的背帶褲，留著濃密的絡腮鬍子，但上髭刮得很乾淨，因為八字鬍從前是軍人的特徵，反戰的阿美什人從來都不願意留它。那農夫正在趕四匹拉著農械的馬整地，他不慌不忙，馬也拉得不太吃力。有不少田地在休耕，另一些長著糧食作物，更多的則長著牧草。每一戶阿美什農家至少擁有四十多英畝（合二百五十畝）土地，太大的面積足夠他們做各種安排，所以不必把莊稼種得像中國農村那樣密密麻麻和不留餘地。我們第二次看到的農夫有三四個，著裝也和那一個差不多，從遠處幾乎分不清每一個人的特徵。他們正在用什麼機械把乾草打成捆，動作同樣是緩悠悠的。田間的小路都修得像城鎮的街道一樣寬敞平坦，瀝青的路面，也有綠底白字的路牌，只是沒有碰見一個在路上步行的人。終於在汽車轉到另一條路上的時候，我看到了一輛馬車，遇不到這樣的馬車，我們幾乎無法證實現在是在阿美什之鄉兜圈子。那是典型的阿美什轎車，鐵灰色的車身，四個鋼製的大車輪，一匹高頭大馬拉著它緩緩而行，那車一直走在我們前面，所以始終都看不見趕車的人。接著我們又看到了另一輛車，是一輛拉東西的敞車，車廂裡堆著乾草捆，轅上套著三匹馬。趕車的少女頭戴白布圓帽，淡藍色的長裙下伸出了一雙赤腳，我特別注意到套在裙外的淺棕色披肩和圍裙，這正是阿美什婦女標準的裝束。她的頭髮中分著向後梳去，一身的素淨淡得像清新的乾草。她只是專心駕著她的車前行，一點也沒有偏過頭來注意從她的車旁疾馳而過的我們。

阿美什人並不是為了讓自己顯得特殊而有意特殊著裝的。他們這種男女劃一的裝束反映了他們的信仰，那就是以其持久不變的樸素和謙卑來表示他們與外界的區別，同時也從外表上限定他們的身份，使每一個成員從小就開始接受全體認同的形象。不事雕飾的原則體現在他們日常生活的各個方面，如窗簾一律用深綠色，室內只置盆花，絕不擺弄瓶插的花束，因為他們相信上帝造花是要花自得其美，而非拿花給人作裝飾。他們手工製做的被單上都有很美的圖案，但他們的室內絕不掛肖像，因為《聖經》上不准造像，所以保守的阿美什家庭都沒有他們自己的和祖先的相片。總之，在各個方面都不效法外界，這是阿美什人的基本原則：

外面通用汽車，他們就堅持趕他們的馬車。外面用拖拉機帶動農械，他們至今仍用馬拉。除了通向外面的道路和農莊的地界，他們力求同外界斷絕種種不必要的物質聯繫，所以電線和電話線雖從附近通過，他們卻不要拉到自己的屋內，他們用罐裝煤氣，吃自家井裡的水，就是要避免煤氣和自來水的管道通入他們的農莊。因為徹底斷了電源，他們的能源部分依靠水力和風力，但主要還是來自柴油發動機。同莊子的那位抱甕丈人不同，他們並不絕對排斥科學技術，他們只是要保持慢上幾個節拍的步子，盡力頂住大潮流的挑戰罷了。也許等到二十一世紀，到了汽車變得像馬車一樣落後的年代，外面的交通都改用空中飛車的時候，阿美什人會撿起被淘汰的汽車，但在目前，不使用電力和汽車，仍是阿美什人維持其樸素生活的最後一道防線。儘管我們親眼看到，這道防線正在鬆動——電和汽車已走入了個別阿美什人家——，但只要還有這麼多的舊派阿美什人家堅守住這道防線，他們的傳統就能延續下去。阿美什人物質生活的模式深深植根他們對基督教教義的獨特實踐，沒有全體成員的參與教會活動，恐怕就不會形成這樣一個凝聚力強大的特殊社區。但奇怪的是，我們穿越了他們的居住區，卻沒有看見一座宏偉的教堂。他們認為，一個人在任何處所都可以崇拜上帝，故無需搞什麼耗費錢財的教堂建築。差不多二十五個相鄰的家庭為一個教區，其中的每一個家庭都有責任輪流提供自己的房屋或穀倉，以充大家做禮拜之用。此外，特殊的教育也是阿美什人能夠延續其傳統的一個重要原因。對阿美什人來說，教育只是為了把受教育者培養成優秀的農夫和農婦。他們不送兒女去公立學校讀書，只讓孩子在自辦的學校裡學習讀寫和運算之類夠他們終生務農之用和有助誦讀《聖經》的課程，一般學到八年級便算完成了學業。這樣的教育顯然缺乏到外面謀生的優勢，等孩子長大成人，他們自然就容易留在農莊內繼續過父母所過的日子了。與桃花源內的那些避難者建立的世界不同，阿美什人並未躲到與世隔絕的角落或退居在歷史進程之外去封存他們的古風，他們的農莊與這個世界在相交中對峙，像一塊歲月的綠洲，既與社會的變遷並進，又恒守其不變的本質。對於自己那幾乎沒有什麼故事可講的安樂，阿美什人常懷滿足，他們多少年就這樣活了下來，一如地裡的莊稼在春種秋收的秩序中生生不息。

聽說阿美什人不喜歡被遊客當展覽一樣參觀，他們一般也不會隨便接受外人的訪問。因此，這一趟匆匆的探訪始終只限於局外的旁觀，好像在兩種空間的交界上擦了個邊球：只那麼一碰，立即又把我們彈回了界線的這邊。我們車內的一夥人有驚異的，有欣賞的，也有反應冷淡的，種種態度，都好比濠上看魚，各表觀感而已。不管你爭論水裡的魚游得快樂還是不快樂，最終都是自說自話。阿美什人的生活畢竟遠在我們的經驗之外。等到我們又加快車速，繼續向前趕路，很快地就把阿美什之鄉甩到了綠樹與褐土的後邊。

榆樹下的省思

與美國各地的大學大致相同，耶魯的暑假每年也放得很早，大約到了五月的中旬，在考完最後一門課之後的當天或次日，住在十二個寄宿學院內的學生便群鳥般四散而去，三兩天之間，紐海文大草地周圍的街道就顯得空空蕩蕩了。今年暑期，我沒什麼地方可去，一天到晚，大都泡在自己的辦公室內讀書消夏，看到同事們出遊的出遊，去暑期學校授課的授課，我自滿足這孤雲獨在的悠閒。有時候在室內坐悶了，我就出了門沿廟街(Temple St.)向校園的中心走去，穿過聖瑪麗教堂石壁外的夾道，轉到紀念堂(Memorial Hall)的大圓頂下，然後在威廉大樓(WLH)前那塊鮮嫩的草地上坐下來，靠著大榆樹消受濃蔭下的清涼。我覺得，閒暇和寧靜的確是生活的補藥，閒暇滋長了人尋覓的幽趣，寧靜則拓寬了我思考的空間，享著這樣難得的清福，再加上終日獨處，平時讓忙碌弄得麻木了的感覺遂慢慢地恢復過來，心裡忽然有了一點省思和回顧的衝動。

比如拿剛才提到的這段路線來說，它其實就是我每天來威廉大樓上課所走的捷徑。只因我平日總是來去匆匆地趕路，沿途的景觀多擦肩而過，很多熟悉的建築物在我的眼中只留下了大概的輪廓，若要問起有關它們的掌故或某一個局部的細節，我幾乎是一片茫然。很高興現在有了充足的時間，也有了比較好的心境，我可以停下腳步，用欣賞的目光來注視這些建築物不同的細部了。在細觀默察的時候，我覺得平時眼熟的東西奇怪地現出了幾分陌生，而行步之間，再反覆品味這些從不同角度獲得的視覺感受，我才模糊覺察出很多從前沒注意到的韻致。周圍不少建築物修建的年代其實並不算特別久遠，但用來砌牆的石塊好像經過了作舊處理似的，都呈現出或深或淺的陳舊顏色，而未經打磨的棱角也有意保留了它們原來粗糙的形狀，全都在牆面上不規則地顯露出來，連刻在其上的銘文也很簡樸，並不怎麼精美的字跡若隱若顯的，好像過路的人隨意刻下的一樣。還有笨重的鉛製檐溝和水落管，綠鏽斑駁的青銅大門，深暗的彩色玻璃窗，總之，從牆街(Wall St.)走到高街(High St.)，沿途所見的石壁、圓柱、拱卷和裝飾雕刻，處處都流露出一種韜光養晦的情調，令人如置身中世紀的修道院之中。每一個寂寞的石臺階都像長凳子的表面一樣乾乾淨淨，只要你願意坐下來，那裡就是讀書或思考的好地方。

但仰起頭眺望四周，高處的空曠則別有一番景致：直刺青天的尖頂，厚重的圓頂，以及屋頂上形態各異的煙囪和小塔樓，所有這些像大旗高舉或喇叭吹奏一樣指向高空的建築物頂部，都挺拔得錯落有致，各自聳立在它們應處的位置上，在耶魯校園的上空撐起了並不讓人感到壓抑的宏偉氣勢。哈克尼斯塔樓(Harkness Tower)在尖頂的群峰中最引人注目，一看見它高臨老校園(Old Campus)背後的雄姿，我就聯想起「塔勢如湧出」那句詠雁塔的唐詩。它確實如一股巨大的噴泉從平地上湧起，皇冠狀的頂部則像水柱噴到最高處向下散落時一下子凍結在半空的泡沫。在紐海文的建築群中，它那看起來好像有點剝落頹敗的剪影給人的印象尤其深刻。現在，這座建於本世紀初的塔樓已經成了紐海文的標誌，也常被視為耶魯大學的象徵，前來遊觀的人大都喜歡以它為背景照一張難忘的留影。我以為，它的建築風格最能代表老校園周圍建築群的特色：仿古的優雅和現代技術效果的簡潔和諧地結合在一起，具有古老的歐洲風味，卻無繁瑣雕琢的痕跡。尖頂林立的哥德式空間凸現了精神對上蒼的仰慕，由於在總體布局上協調了遠近的對比、高低的搭配和虛實的互補，高聳的建築群並沒有給人所活動的地面投下過於沉重的陰影。它們被一塊塊綠草地隔開，再有大榆樹夾道而立，長春藤爬上石壁，經過了歲月的漫長積累，在這些舊式建築的隱居群落間，思想已經給它的自由棲息建立了永久的家園。

耶魯建校至今已近三百年，從最初只有十幾個畢業生發展到今天這樣的規模，其間當然有一個逐步積累的過程，想到這個凝聚了時間刻痕的空間中分布著如此豐富的積累，我忽然對耶魯的歷史產生了作一番了解的欲望。耶魯的傳統是怎樣形成的？作為這個學者集團和朋友社會的一個成員，對比一下我在中國大陸讀書和教書的經歷，耶魯的精神有什麼特別值得我們省思的地方？帶著這些問題，我讀了一些有關耶魯的材料。文字的記載就是有這樣的好處，它構成了公共記憶的貯藏庫，我從周圍人的口中了解不到的事情，打開了書本，一件件都寫得清清楚楚。幾天的閱讀下來，談起這個學校一些有趣的往事，連在此執教多年的一位同事都驚嘆我所知之多。現在，就趁我的印象還比較新鮮，先把我以為一般的中文讀者有興趣了解的事情，以及由此引起的感想寫在下面。

耶魯是很多很多人經過近三百年的努力創造出來的，它的名字則來自其實與它並無多大關係的埃利胡・耶魯(Elihu Yale)。此人的一生頗有傳奇色彩，據他自撰的墓誌銘所說，他「生於美洲，長於歐洲，遊於非洲，娶於亞洲，最後死於倫敦」。大約是一七一七年左右，一個建立不久的學院剛從塞布茹克(Saybrook)遷到紐海文，為了資助學校的興建，富有的埃利胡捐出了價值五百六十二英鎊的九包貨物和四一七本書籍，以及英王喬治一世的一張肖像。對他寄有厚望的校董事們因此便以他的姓氏命名了草創中的學院，但這位恩主此後似乎再也沒有向學院提供什麼實際的幫助，在當時乃至其後的漫長歲月中，學院的財源主要來自教會和地方政府。

最初，耶魯學院是一個公理會(Congregational)——獨立的基督教教會聯盟——辦的學校，從主管大事的董事們直到教員和學生，幾乎全都是公理會的成員。它在很大的程度上是一個神職人員的培訓部，在那個時候，大批的學生畢業後都當了公理會的牧師。正如早期的一個校長克萊普(Thomas Clap)所說，耶魯是培養牧師的宗教團體，不是造就不同專業人才的學校。由於它的神學根基和濃厚的宗派性，耶魯在建校後長期為堅持自己的價值和獨立的管理權，同地方政府發生過很多摩擦和衝突。我們沒有必要在此涉及那些複雜的人事糾紛，基於我自己長期在中國大陸公立大學的經歷，我以為，在耶魯這樣的美國私立大學中，源於基督教精神的保守立場的確有其非常可貴的一面，那就是絕不向世俗的權威和物質的利誘妥協，只要是為了維護個體的獨立，為了固守既定的價值，即使付出犧牲的代價也在所不惜。這種對抗的立場也為革命精神的滋生提供了合適的土壤，一本記述耶魯師生參與美國獨立革命的專著，就起了這樣的書名：《耶魯學院：康乃狄克煽動反叛的專科學校》(*Connecticut's Seminary of Sedition: Yale College*)。

精神在俗世的成長往往得經歷一個拉鋸戰般的磨礪過程，它必須堅持的是它的抽象原則，但它還得在不斷的自我調整中尋求發展，一邊放棄過時的負荷，一邊與時為新，寓不變於自覺的求變之中。基督教本身的發展就是這樣的，西方社會的民主進程也大致如此，耶魯同樣經歷了類似的歷程。耶魯在早期和地方政府的主要紛爭，可以概括為誰控制學校的問題，教會人士為緊抓著手中的治校大權，一直抵制政治的干涉，因此也使學校的財政長期陷入了困境。耶魯與哈佛、普林斯頓等最早建立的長春藤盟校都有一個一致的方向，那就是在官方的限制外走自己辦學的路子，它們由此鑄造了美國的私立大學各自堅持的個性特色。在中國大陸那種一統天下的情況下，所有的大學都被辦成對人進行嚴格管理的機構，要發展像美國私立大學那樣的個性特色，當然是根本無法想像的事情。

不過，一個獨立的大學也不能只靠信仰活下去，它還需要金錢撐腰，耶魯同時也在適應社會需求的過程中向綜合大學的方向發展，稍後的另一個校長斯狄爾(Ezra Stiles)扭轉了克萊普狹隘的宗派模式，在原有的古典和宗教課程外增添了大量的專業科目。十九世紀初期，耶魯校友會成立，校友的慷慨捐贈從此給耶魯的財政打下了雄厚的基礎，校友會的力量同時也取代公理會的牧師，逐漸滲入了校董事會。耶魯從此走上了耶魯人自己壯大自己的發展之路。此類反哺母校的餽贈不只使耶魯深受其惠，在美國，它已成為所有私立大學的主要財源。在一個離了錢寸步難行的社會中，沒有這種把私人資產積累到公共教育機構中去的文化投資，教育的獨立和學術的自由根本是無法設想的。積累的意義大矣哉！不幸在我們中國，多少年來所做的事情多為拆毀和消蝕既有的積累，新的增長常採取從外部注射的方式，於是揠苗助長的結果，比比皆是也。我們的教育事業至今仍缺乏民間的資源，我們實際上只有「官學」。

南北戰爭以後，隨著宗教的影響逐漸削弱，耶魯最終從公理會的宗派模式超脫出來，發展成今日這種多樣統一的自治局面。它最初那種「狷者有所不為」的氣質，並沒有在走向未來的開放中受到侵蝕，反而與更多的新觀念熔鑄得愈加堅實。舉最近的兩個事例就可看出，面對國家的強權和金錢的支配，耶魯的固執拒絕所表現的那種學院式孤傲，是絕不可能出現在中國政府控制下的大學內的。越戰期間，美國政府指示各大學對於藉故逃脫徵兵的大學入學申請者一律取消獎學金的資助，命令下來，獨有耶魯拒不執行。校方依然堅持要根據學生本人的成績辦事，不考慮外部強加的政治因素。同時，對越戰復員回來的申請者，也不按政府的規定作任何照顧，在錄取與否上仍一律按慣常的標準對待。為此，耶魯失去了來自聯邦的一大筆基金，至今在財政上都未能恢復那一次受創的元氣。前不久一位富人捐給耶魯兩千萬美元，但條件是要按捐款者的意圖開設指定的課程，聘用指定的教授，由於耶魯不願意屈從對方的專斷，最後在財政極其困難的情況下毅然退回了全部捐款。

在耶魯學習和工作，你往往會覺得這裡的某些方面古風猶存，上述那些也許會被人視為固執得近乎迂腐的做法，豈不就是孔子堅守的「固窮」，孟子所謂君子「難罔以非其道」嗎？

其實，在美國這塊開發不過三百多年的新世界裡，你有時反而會看到很多被保存得完好的舊事舊物，會偶爾感受到生活在過去某個時代的經驗，這裡基本上是一個「天不變道亦不變」的社會，沒有那種朝令夕改的現象，既有人追逐新潮，也有人甘於守舊，誰也不會無故干涉你的事情。因為尊重自由和獨立的價值已經鐵定了，傳統的東西才得以日新而不失其舊韻。不僅耶魯校園的建築面貌如此，它的校風和學風也是如此，可嘆我們歷史悠久的中國卻因百年來的蒼黃反覆而耗竭了自己古老的脈氣，致使社會過分求新的熱潮浮躁得像老頑童一樣滑稽，傳統中有生命力的東西不但沒有得到應有的發揚，甚至連倖存下來的舊事舊物也被時髦地包裝起來，與假骨董、複製的古蹟一起同流合汙在後現代生意經的俗艷狂潮中。誠如孟子所說，「所謂故國者，非謂有喬木之謂也」，然而長滿了老樹古木的城市畢竟在環境上更具有歷史感，也更容易觸發人思舊的情懷。在又名榆城的紐海文市內，如今的榆樹雖大不如十九世紀的作家描寫得那樣鋪天蓋地，但合抱參天者依然隨處可見，你既可以在晴日下享受其密布的濃蔭，也可以月下散步時欣賞其搖曳的幽姿。這塊和平的土地就是這樣神奇地得天獨厚，精神只要在她的泥土中紮下了深根，欣欣向榮的生意自然就會往沒有限制的高空伸展開去。

耶魯大學現由本科生部（這裡習慣以「耶魯學院」相稱）、研究生院和十個專業學院構成，而本科生始終都是學校的主體和教學的中心。同美國其他的大學一樣，耶魯的一二年級學生是無所謂學什麼專業的，即使是三四年級選定了主修的方向，也只是在已經由博覽形成的知識廣度上有所側重地加強深度，為進一步讀研究院或專業學院打下基礎而已。從課程的設計和選課規定，直到現任校長賴文(Richard C. Levin)在不同場合的講話，可以明顯地看出，耶魯的大學本科教學一貫都堅持了這裡常說的「通才教育」(liberal education)。

談起了通才教育的問題，又使我痛切地想到百年中國在各個方面都因缺乏積累而陷入的困境。大學在西方是經過長期的積累而逐步發展起來的教育機構，它本來就有它的人文精神傳統。但在中國，大學的興辦則是為了學習西方的先進技術，為了培養富國強兵的人才，從一開始就有片面的功利傾向。五十年代向蘇聯學習的結果更加強化了人才培養的專業化方向。馬列主義者常說，人是世間最寶貴的財富，這種貌似重視人的說法其實是在宣揚把人當作可以利用的資源對待的態度。因此，人才的培養只著重製造工具型的專業工作者，而不重視受教育者作為獨立的個人如何全面發展自身的問題。一個在入學前就被決定了所學專業的大學生，簡直就是送進了大學的人才生產線上加工的人「料」，不管他或她喜歡不喜歡或適合不適合所學的專業，專業一旦決定，這個人就必須被製造成有用的專業工作者。

通才教育並不造就所謂「有用的」人才，其目的只是培養學生的悟性，擴充他們推理和感受的能力。它並不教什麼特殊的知識或技巧，而只為了豐富學生的心智，促使他們發展自己批判地、獨立地思考的能力，使他們盡量少受或不受偏見、迷信和教條的束縛。因此，通才教育是以教育為目的的本身的，它並不為任何特殊的目的服務。在一次畢業典禮的講話中，賴文曾明確指出，耶魯並不打算為二十一世紀製造一批只精於運算、理財和做買賣的實業家，或只懂得操縱媒體做有效交流的從政者。耶魯要培養的是二十一世紀的引路人，他們要有創造性獨立思考的能力，要有能力在自己精通的專業知識之外思考更為廣泛的問題。

也許賴文的期待有不少只屬於他個人理想的成分，現代的受教育者已不是從前的有閒階級，文憑與求職的關係畢竟是一個很現實的問題。但不管怎麼說，從耶魯學院的課程設計和要求可以看出，所有的限制都有意防止學生選修的課程陷入過於狹窄的知識領域，都鞭策他們均勻地選修四大類課程，使其中的每一門都和將來的主修課合理地搭配起來(distributional requirements)，這樣的努力至少對過分專業化的傾向起了沖淡的作用，至少在一個學生達到學有專長之前先打下全面發展的基礎，然後才由博返約，在廣泛的了解之後培養出自己的興趣來。你到底要從事什麼專業，一開始可能完全是未知的。起先的選課幾乎是一種「遊學」，是通過選課來發現你的興趣和能力，是在有趣的實習中檢驗你可能成為什麼樣的人。你可以反覆地放棄，直至找到適合你從事的專業。但不管學什麼專業，人類系統經驗的幾個基本類型——數學、實驗科學、歷史、哲學和文學的闡釋——則是必須全面了解的。本科生在耶魯向來被置於首位，所有的名教授都得給本科生上課，因為這些基礎課程被認為是最重要的，而在必要的時候，學生還可以要求教師做專門的輔導。耶魯也不主張滿堂灌的講課，學生的自由發言一直受到鼓勵。因為通才教育就是要引導學生質疑和界定我們的價值，讓學生自由探討，公開爭議，接受挑戰，只有冒險讓不同的思想和價值得到自由的表達，才能培養出對偏見和不寬容有勇氣抗拒的公民，正如賴文對耶魯的學生們所說：「你們既然幸運地有了自由和獨立的頭腦，就不可避免地要擔負捍衛自由和獨立的責任。」

除了課堂學習，耶魯還建立了十二個寄宿學院，讓住在其中的學生在完全自治的環境中過他們的課外生活。耶魯是一個沒有圍牆和大門的學校，所有的建築都分布於紐海文城內的不同街道上，教室和辦公室與市內的商店、公司錯落在一起。與這種整體上的開放相反，那些學院都修建得像古堡一樣封閉，大鐵門總是緊關著的，你幾乎難以從外面看見裡面是什麼情形。因為那是屬於寄宿學生自己的領地，封閉顯然不是要把學生關在其中，而是為了製造一種自成體系的氛圍。這就是耶魯的哲學：在大的方面，是一個鬆散的組合，但同時又在其中有意地安排下一些彷彿有自己的隱私要保藏起來的獨立單位，在分散與凝聚的協調中保持整體的活力，學院各有各的院徽和旗幟，有自己的食堂、圖書館、活動廳，各按各的傳統過各自的節日，搞自己的體育運動，再於其中作形形色色的結社，組織更小的朋友圈子。這裡有自發的互相學習和競賽，有種種以遊戲的方式讓你領略人生經驗的活動。教師也參與其中，但不是監督性質的，而是社交性質，他們只是按一定的數目填充進來，配夠這個自成系統的集體所需要的角色，同時也在頻繁的聚會中找到各自的位置，從而分享身為一個成員的榮譽。我本人就是戴文坡特(Davenport)學院裡的一個教師成員(fellow)，有時被請到院長的客廳喝酒聊天，或偶爾在學生食堂吃一頓飯，在畢業典禮遊行的時候排到該院畢業生的隊伍前壯壯聲勢。由於掛靠在了一個集團的名下，你的名分就使你有了特殊的歸屬感。

在三四年級的學生中，另有一些從十九世紀沿襲下來的秘密結社(secret society)，著名的組織有「骷髏與骨頭」、「書和蛇」、「卷軸與鑰匙」等。學生和教師中很少有人知道他們的活動，可以知道的只是，他們都是學生中最優秀的人物。必須經過該組織內一個成員的推薦，外面的學生才會被接納入會。他們都有定期的活動，集會的地方是該組織的會堂。如果你走在耶魯校園所在的街上，偶然注意到一座與眾不同的建築，你發現那神廟一樣宏偉的石頭房子沒有任何類似窗子的孔洞，只有沉重的鐵門好像幾十年沒開過地鎖著，石壁堅固得像碉堡一樣，四處看不到一個字的標誌或說明，無論什麼時候經過，它都陰沉地盤踞在它的角落，那大概就是某一個秘密結社的會堂。聽我們系的一位老教授說，他們祖孫三代畢業於耶魯，他又在此執教多年，只是在後來他的一個學生成了某社的成員，他才對秘密結社有了一點了解，很多秘密結社的成員畢業後都成了大名，做了大事，那些石頭修建的會堂就是有錢的前會員捐贈的。這些房屋如今已構成了耶魯建築景觀的一部分，它們以其絕對封閉的面貌給校園和街道增添了一點神秘的氣氛。若放在中國的大學裡，像這樣容易引人猜疑的組織，不知已被多少次地打成「反革命」集團了。但在這裡，神秘也是一種價值，學校有責任花錢維持它的存在。因為大學是一個為學生的全面發展提供良好環境的地方，每一個人都能像榆樹一樣，既然長在了這裡，就擁有紮根的土地，就自在地生長起來了。

消失了的遊戲

像新英格蘭的很多中小城鎮一樣，我所居住的地方也是除了汽車從街上奔馳而過以外，一天到晚都很少看到行人，走在人行道上的成人中，手裡牽的也好像多為形形色色的狗，而很少是小孩子；走在街上，我有時便想，孩子都到哪兒去了？孩子當然是有的，他們每天被校車或私車送往學校，又從學校接回，只不過很少有機會三三兩兩走在路上，或逗留在外面玩耍罷了。每一座分隔在草地林木間的住宅都像拉起了吊橋的城堡，真可謂屋舍相望，電話中相聞，老死不相往來。有一位謹慎的女士告訴我，自從那年萬聖節一個日本少年誤闖私宅而被擊斃的事件發生後，她上街走路總是小心怕踩了私人的草地。汽車帶來了行動的方便，互相熟識的人往往都住得相距甚遠，孩子們因而在放學後都獨處自己家中，或看電視，或玩電子遊戲，還有數不清的玩具可以隨手拿來撫弄一下，再照料照料家裡養的貓狗，幾乎沒有必要再去找鄰居的孩子結伴玩耍了。

由此想起了故城西安的孩子們，他們此刻大概也退縮在自家的狹小單元內做著類似的活動，再沒有五十年代那樣的深巷小院可以成群地在一起玩很多很多已經消失了的遊戲了。不管是東方還是西方，現代的生活方式都在急劇地改變著孩子們的遊戲內容。總的來說，他們的遊戲基本上都從戶外退入戶內，從群體轉向個體，從風俗畫般的活動變成了受商業控制的消費行為。

從前我們玩過的遊戲有不少都是世代相傳下來的，是孩子們結夥在露天下玩的，或有體育運動的性質，或有對技巧的鍛鍊。由於遊戲都在戶外進行，故不同的季節常有相應變換的遊戲。冬天玩的總是活動量大的遊戲，如踢毽子、跳繩、打沙包、拔河，或一對一玩，或組對組玩，最後都有一個輸贏。玩的過程中貫串了競技的目的，或比耐力，或比靈巧，跳繩常跳到滿頭大汗，喘不上氣來為止，而踢毽子則有很多花樣，一種花樣的次數踢滿了，又得換另一種踢下去。西安的冬天很冷，但在我的記憶中，除了在冰窖一樣的教室裡凍得人手腳發麻以外，課外的時間我身上總是熱乎乎的，因為我們總是在院子裡或大門外的街道上玩這些單純而永遠玩不厭的遊戲，每一天差不多都玩到父母催喊著回家吃飯的時候。我不喜歡現代的體育比賽，它是贏得榮譽、獎品和崇拜的爭鬥，它使運動員成為羅馬角力鬥士那樣為激起觀眾的狂熱而拚命擊敗對手的表演者，它使本來是為了鍛鍊身體的活動越來越增加了對身體很殘酷的成分。孩子們玩的傳統遊戲也很競爭，但卻沒有只在一邊發狂鼓動的觀眾，每個人都參加到其中來，大家輪換著玩，輪換著看，輸贏只作為激起玩興的手段，遊戲才是目的本身。誰也不是職業的選手，更無須專門的訓練，只要看一看、玩一玩，很快就玩會了。遊戲中使用的東西很少有花錢買來的，而大都是自己製做的。遊戲因此帶有幾分勞作的練習，如縫沙包、做毽子、糊風箏，有些做得精巧的，簡直堪稱兒童工藝品。孩子從中也鍛鍊了使用針線刀剪的能力，培養了創造的興趣。然而從玩具店買給孩子的玩具則是廣告和所謂「流行」推銷的商品，是孩子之間學樣子、搞攀比而力求更多擁有的收藏品。芭比娃娃每年都在花樣翻新，印第安女孩風行一度之後，最近又推行出來了會咬人的卷心菜娃娃。擁有最流行的玩具成了孩子自我優越感的標誌，隨著所玩的東西變得過時，它們就被不懂得愛惜東西的擁有者丟到了舊玩具堆中。在一個美國女孩臥室內，我親眼看到，她堆放在地毯上的舊玩偶差不多和她一樣高。通過新舊玩具在手中不斷更換，孩子們從小就習慣了在戀物與棄物之間擺來擺去的消費生活方式。相比之下，玩傳統遊戲的孩子都傾向於自己動手去做，因而一般都比較勤快；玩現代玩具的孩子則無形中滋長了占有東西的貪欲，他們坐享了魔術般的科技成果，滿足於做一個手持遙控器的操縱者，從小就養成了懶散的習慣。

那時候室內的取暖設備極差，冬天防寒主要靠的是從頭到腳的穿戴，孩子們冬天都穿得笨重而臃腫。好像身上包裹了海綿墊子，我們可以盡情地玩那些在地上跌打的遊戲，常常弄得渾身都是土。現在的孩子比從前衛生多了，但從梭羅所謂「更高的法則」(Higher Laws)來看，一直在地毯上長大而從來沒有接觸泥土的經驗，是不是確實就很幸運，大概是很可疑的。等到春暖花開，我們終於脫下了棉衣，胳膊腿都輕鬆了許多，於是又有了春天的遊戲。在院子內的青磚地面上跳房子或玩彈珠也是很過癮的。地面本是我們活動的基本場所，從爬行到學步，直到跑來跑去，孩子最貼近的就是地面，因此地面就是他們最初的課桌、黑板和練習簿，在地面上玩的很多遊戲都有益於練習舉手投足的準確性。在更開闊的地面上我們玩陀螺或風葫蘆。陀螺用木頭旋成，上圓下尖，自製一個鞭子，玩時以繩緊繞，著地用力抽繩，陀螺就旋轉起來。等它轉得慢了，再加鞭抽打。風葫蘆在旋轉得很快的時候還會發出悠長的哨音，爽人的春風一吹來，那聲音同空中的鴿哨一呼一應，隨風向遠方悠悠地散去。這些具有民俗色彩的遊戲都活動在廣闊天地的背景中，就像飛去又飛來的候鳥或落了又開的花朵，一到了那個時節，孩子們便紛紛拿出放置很久的舊玩具在一起玩起來，循著節序，單調地重複著依然感到親切的事情。正是在這種幾乎顯得太簡陋的有限性中，我們的記憶積累了情感的豐富，而面對應接不暇的變幻，現代人的感受力則步入了正在被吸乾的險境。

日益陷入戀物傾向的現代兒童變得越來越孤立，他們退出了孩子群，把更多的時間消磨在螢光屏前。他們變成了呆看的人，他們把由於缺少交往而閒置的情懷轉移到貓狗之類的寵物身上。人與寵物的親昵感是占有支配性質的，你從貓狗哪兒得到的服貼是餵養出來的反應，那不是一種需要你時時調整自己的相互關係，它只能滿足一個人虛幻的自我良好感覺，而無助於孩子積極地同別人打交道。傳統的遊戲則使孩子有機會到自然中識別活生生的草木和昆蟲，記得每年榆樹葉剛冒出嫩尖尖的時候，我們就開始養蠶。上學時都帶著用紙疊成的小盒子，裡面鋪上榆葉，葉上是小得幾乎看不清楚的幼蠶。等蠶由黑變白之時，桑葉已經長出，蠶也吃得越來越快，我們頻頻把從樹上採回的桑葉添進紙盒子。通過對採集或養殖勞動的模仿，兒童在遊戲中複習了先民日常生活中基本的經驗。

我們都很野，個個爬起樹來活像猴子，在我看來，與其去健身房用機械練胳膊和腿上的肌肉，還不如藉著爬樹做引體向上的動作。前者是將人的關節屈伸及筋肉鬆緊完全機械化的活動，我們在健身的同時也把自己的軀體等同於鋼鐵的裝置了。後者則有一種把你突然拋入自然的危險境遇中，迫使你本能地保護自己的考驗。初次爬樹總是有些害怕，腳一打滑，手一抓空，就有摔下來的危險。你不得不使出全身的勁爬上去，你經歷的真實感與機械化體育運動的虛擬動作根本是不同的。而爬上樹之後，新的視境使你產生了自己忽然長高好多倍的感覺，你會抱住粗壯的枝幹不想下來，好像是朦朧發現了人類最初棲息的地方。在榆樹生莢或刺槐開花的日子，家裡還派我們提上籃子去捋嫩綠的榆錢，或折白生生的槐花，好拿回家蒸麥飯吃。從前的不少遊戲都與勞作有一定的聯繫，孩子在玩樂的同時也學習了如何從自然中直接索取生活的基本需求物。現在的遊戲則把孩子誘向對一個虛擬世界的迷戀，使我們所處的現實反而顯得黯然失色。這種視聽上過於豐富的童年生活使一個人的早期經歷恍如一系列混亂的夢，人生才剛剛開始，填滿了欲望的腦袋就壓在缺乏行動能力的身體上，在不斷增強的刺激下膨脹為不堪支負的重荷。

沒有一番野孩子的經歷是遺憾的，沒有擦爛過胳膊腿，沒有撕破過衣服，沒有在泥土中滾打過，沒有在野外認過草木蟲鳥的童年是有缺陷的。而特別不幸的是，從剛開始遊戲，手裡的玩具全都是塑料、金屬和化纖做成的東西。這些年來，像我玩過的那類傳統遊戲正在被人們淡忘，因為將它傳遞下去的土壤已流失殆盡了。再過不了多久，它注定會和很多失傳的東西統統散落到後來人的記憶之外。

好鳥枝頭亦朋友

「好鳥枝頭亦朋友」這句詩是小時候從祖父口中聽到的，祖父常在我家的園子散步，每看見鳥兒飛來，開口就吟出這句詩。它的上下文是什麼，是哪朝的哪個詩人寫的，他都沒向我提過，好像這七個字的詩句本來就是一首完整的詩，從那時起一直孤零零地種植在我記憶的地層中。不幸六十年代以後，在我生長的西安，能讓人想起這句詩的情景越來越少，只見城裡的人日益增多，樓蓋得更密，車也開得更擠，有好長一段時間，我差不多已經忘記了祖父教給我的這個親切呼喚。

我看到的鳥兒大都關在籠子中。每一天早上我在路上跑步的時候，那些無聊的有閒者便三三兩兩提著鳥籠出來，把籠子一個挨一個掛在樹杈上，競相在那裡對路過的人顯示自己的收藏。鳥兒在籠中跳上跳下，撲棱著翅膀，還沒飛起就碰了下來，沒奈何了，只得待在一角乾叫幾聲。我聽了感到悲哀，原來養鳥者為區區鳥籠花費了那麼大的精力，到頭來就是要製造一個用囚禁切下來的特寫鏡頭，好供他們反覆把玩，再用人為的煩悶逼得鳥兒發出啼叫，從而享受到把自然界流動的生命割下一小塊據為己有的虛幻滿足。祖父還提到過一個名叫公冶長的人物，說他精通鳥語，就像人鳥之間的翻譯，他常常能把鳥兒的意思傳達給周圍的人們。我想這個傳說中的人物若出現在今天，他肯定能從籠中鳥的叫聲翻譯出養鳥人一直聽不懂的警告來。

籠中鳥的叫聲早已同西安與我遠隔萬里，清晨的鳥籠集會想必還在路邊開展，所展出的情景我是再也不想看到了。可喜的是，自從移居到大西洋邊上的一個小城，枝頭鳥的鳴叫又在久違之後回到了我的耳邊。那是我剛在東岩附近住下來的時候，聽不懂英語的耳朵使我在每一次同別人打交道時受盡了挫折，我慢慢變得怕和人說話，一有空就喜歡往樹林裡跑，想去沒有人和人說話的地方靜下來清一清耳根。這時候我偶爾就會聽到忽東忽西的鳥鳴。它的無意義使人感到悅耳，因為你沒有對它作出反應的必要，你不會立刻面對必須迅速理解的壓力。既然並不存在理解與否的問題，也就無需有意地、用心地去聽，就任那時有時無的聲響自動去觸及聽覺，好像一陣風吹過來，搖動了樹枝，皺起了水紋。聽的時間久了，我慢慢覺得，鳥聲對人的耳朵頗有療養的好處。我們的聽力每一天都讓各種模糊的意義弄得非常疲憊，就像必須定期清洗錄音機的磁頭，也應該常到自然界無意義的聲音中消除我們耳內的塵雜。

由此看來，公治長的故事應被理解為一個人類的寓言，這就是說，遠古的先民是通鳥語的，他們能夠領會超意義的天籟，那時候他們理解和交流有很多渠道，但自從使用語言交流以後，人的聽覺的敏銳性在某些方面便退化了許多。我們失去了很多對聲音直接感知的能力。如果我們能認識到，孤獨也像睡眠一樣是一個人一天中應有的休息，那麼去林中聽鳥或觀鳥便是在這樣的睡眠深處做一段美夢了。

在初夏週末的清晨去東岩下的小河旁散步，我常看見不少人舉著望遠鏡觀鳥。有的從山坡上俯瞰，有的憑橋欄平眺，有的在大樹的空隙間仰望。有些人手裡還拿著圖譜，顯然是要學點業餘的鳥類學知識。對於並無望遠鏡的我來說，實在無從感知他們此刻從遠處細察到的景象，但我可以體會到這種認知的視覺愉悅。我相信，他們肯定比那些鳥籠的主人有更大的自由：他們不必占有一隻鳥，卻可以觀賞任何鳥。他們只是鳥世界的探訪者，懷著驚喜來林中發現的客人，因為怕驚動隱蔽在枝葉間的小生命，他們才知趣地從遠處投出愛慕的注視，從機械裝置所洞穿的焦點世界裡一瞥了鳥兒自然生息的瞬間。老杜有詩云：「暗飛螢自照，水宿鳥相呼。」詩人「爾汝群物之心」千載之上已為我們昭示了從一邊靜觀的觀物態度。

但我畢竟是一個外來者，面對絕大多數不知名的鳥兒，我還是有些眼花撩亂的迷惑，比如，突然瞥見一隻羽毛美麗的鳥兒，還沒完全看清楚，一轉眼又飛到看不見的地方去了。我的記憶和分辨還來不及消化過於豐富的視覺印象，所以我還是更留意以往熟悉的鳥兒。特別是晴朗的白日，看見我家窗外的草地或大樹上飛來幾隻烏鴉，幾聲拖長的「呀……呀……」啼叫最能觸動我想起丟失在遙遠年代的聲息。真所謂天下烏鴉一般黑，一模一樣的形狀和毛色，那笨拙而有點驚人的啼叫簡直就是小時候我常在家門口的大樹下聽到的啼叫的回聲，就在這一刻，兩個相距很遠的地方和相距很久的年代竟在使我憬然的鴉啼中彌合了。鴉啼給我帶來了異域聞鄉音的愉悅，特別是那叫聲在西安已絕跡了三十來年之後，再次在這麼遠的地方聽到，更有一種舊物失而復得的欣喜。

不過，日子久了，陌生的鳥兒中也有個別的漸漸變得眼熟起來。有一種形似八哥的小鳥，一年到頭都出沒在人家的房前屋後，即使在寒冷的冬日，都三五成群，跳跳蹦蹦在草地上覓食。這些鳥搭眼看去一身黑，給我最深的印象就是一刻不停地在草中啄食，牠們生著短尾的身子極有活力，尖尖的黃嘴啄起食來是那麼勤快而專心。怪不得牠們到處都是，會吃的鳥兒總是最容易存活的。後來我查閱了資料，發現這種叫思它靈(Starling)的鳥兒果然是生存競爭的優勝者，牠們並非原產於北美，是一百多年前一個思鄉的歐洲人為解鄉愁把牠們從歐洲帶來的，當初在紐約中央公園僅放生了六十對，如今也和歐洲來的移民一樣遍及北美了。也許是物以多而招厭的緣故，據說牠們在很多地方都不受人歡迎，人們嫌牠們的叫聲太聒噪，打擾了枕上的清夢。其實思它靈很有特色，牠長了一身具有保護色的羽毛，你仔細觀察就會看到，牠並非純黑，牠的背上撒著金綠相間的麻點，從脖子到胸脯的毛色黑中透藍，陽光下偶一變換角度，就閃出漂亮的虹彩，像青翠雜絳紫的緞子在燈前晃了一下，牠的平淡的黑羽毛一瞬間鍍上了華貴的光澤。我想，恐怕正是因為披上了這一身迷彩服似的羽毛，思它靈才有了更多倖存下來的機會。

觀鳥或聽鳥的另一個途徑是招鳥，即在房前屋後放置鳥屋，在後院的樹枝上懸掛餵食飲水的裝置。這些用木頭或塑料製做的東西像工藝品一樣好玩，可以從專賣店買回來放到合適的地方。鳥食也可以現買，通常由草籽、穀子、葵花籽等混合而成。我在常路過的一家門外草地上就見到一個懸空的餵食器，透明的圓筒內裝滿了混合鳥食，飛來的鳥兒從下面的小孔一啄一啄，就把一粒粒種子吃到了嘴中。特別在食物匱乏的冬天，餵食器周圍總是嘰嘰喳喳一片鳥聲。我真遺憾我們西安的養鳥人何以從沒動這樣的腦筋，同樣是餵食，為什麼放著施捨救濟之類的好事不做，而偏偏要把自己的鳥趣扭曲成逮捕性的豢養呢？給鳥兒飲水也很有趣，只需把一個舊水桶底部鑿眼掛在低空，其下再承以中心平凹的大盤，在天氣較熱的日子，喜水的小鳥就會飛到盤子上一邊仰起脖子喝水，一邊梳理著羽毛，在桶底滴答下來的水中洗洗涼快的淋浴。

如果去水邊觀鳥，最好多帶些麵包，你可以像餵狗一樣把那些形體較大的水鳥招到伸手可及的地方，看牠們啄食。在一個晴雪的下午，我和友人去湖邊閒遊，我們看見一群名叫加拿大鵝(Canadian Goose)的野禽列隊游過湖面，向坐在岸邊長凳子上的老太婆游去。等我們轉到那裡的時候，那些羽毛深灰的大鳥已經伸著長長的黑脖子圍在老太太面前了。牠們和鵝的大小形狀差不多，只是羽毛不同——灰背、黑頸、白胸脯，而且牠們會高高飛起，大雁般地飛到遠方。現在牠們一點都不認生，爭著吃老太太丟到地上的麵包，甚至仰起頭用嘴去接老太太正要拋出的一塊。

去年深秋的一天，我自己在海邊也有過一次餵鳥的經歷，我們在沙灘上用沒吃完的野餐引來了一群貪吃的海鷗。我們吃野餐時，牠們似乎已預感到就要碰到一個索食的機會，於是接二連三從遠處飛到我們周圍，呆立在一邊觀望。我忽然想到，何不與鳥共餐一回。接著我就站起來，抓起放在浴巾上的麵包、火腿和西紅柿向空中拋去。已經做好準備的鷗群一哄而起，拋出的食物轉眼便被搶得乾乾淨淨。起先，牠們在食物落地之後才撲過來搶食，後來我們都站起來亂扔手中的食物，一時間鷗群盤旋在我們的頭頂，撲打著長翅膀直接從空中叼食，一塊麵包或肉剛被拋出，急不可待的鳥兒就準確地掠過來，把那一塊從半空叼走了。這完全是一群饑鷗，不到幾分鐘，我們就餵光了全部食物。這時候牠們似乎還食興未盡，環立在一邊呆等了一陣，然後才三三兩兩散去，把逐漸變小的白色身影散落在沙灘海面之間。

又想起了老杜的詩：「白鷗沒浩蕩，萬里誰能馴。」鳥兒的本性就是野性，牠們既無親近人的需求，也不依賴人的豢養。我們可以用食物請牠們來我們身邊短暫做客，也可以植樹種草，招牠們遷居，但牠們絕不會變成家禽。牠們永遠屬於天空和荒野。我們唯一可以和鳥兒共處為友的方式就是，知趣地從遠處投去愛慕的注視。

山情海夢

很久以前，記得是一個初夏的黃昏，站在樂遊原高坡上稍頭已經泛黃的麥地邊，我們談起了山和海。夕陽同李商隱的時代一樣美好，正在暗淡下去的天空襯托著青龍寺大殿屋脊突兀的剪影。

我說我愛海，你說你愛山。

那時候我還沒有見過真正的大海，對於大海的全部嚮往，大都是詩畫影視中呈現的海洋世界喚起的。海的魅力主要來自它的遙遠和陌生，來自它與我所生長的黃土地截然不同的異域風光。在我的想像中，它的沙灘一律都是海濱度假勝地那樣的乾淨和鬆軟，有我拾不完的貝殼。它的空曠的藍色把水路擴展到無邊無際，只要我揚帆遠去，就可以歷盡在家鄉局促的土地上看不到的奇異景象。海上的景色是氣象萬千的，航行是驚險的，漂流是銷魂的，天涯海角，天風海濤，海鷗群飛，所有這些與大海關聯的詞語都像酵母一樣在我的海念裡釀起難以言傳的醉意。

多少年以後，我們都有了更多的經歷，見面時又提起當年的山海對話，你說我那時其實愛的並不是真正的海，而是在做我遠方的夢。海對於我只是一個廣闊的出口，我渴望的是走出去，是遠遠地走出去。你說的很對，在某些方面，我的確有些晚熟，那時我早已是兩個孩子的父親，但直到那時，不少屬於孩子的夢想依然滋蔓在我的心裡。

樂遊原之後，我們在雞公山再次相會，還是黃昏時分，我們常去山背後斷崖上的亭子下見面。晚照把山脊、谷底和山下遠處的道路照得特別明亮，突然一股子亂雲從高處彌漫過來，轉眼間峰巒、深谷和天地都消失在它橫空拉開的巨幔之中。我們在雲霧中談山說海，坐在亭子下，縹緲如置身孤島。那時我剛遊過青島，對那裡擁擠的海灘和苦腥渾濁的海水頗感失望，而在這座具有現代城市起居設施的山上，你顯然正住出了山居的味道。

對現實中的大海，我已有了不再那麼美好的印象，對照了你的言談，你對海持疏遠態度的心理，我開始有了一些理解。於是我慢慢地領會到，原來我們各自接受的大海形象並不一樣，原來人們對特定事物的欣賞與否，是和各人把它鑲嵌在什麼樣的上下文中有關係的。你是一個合群卻並不隨群的人，凡是在你周圍有人群起效仿的事情，一般都不太容易使你受到感染。對於鬥爭哲學和革命口號借用大海構成的一系列話語，你似乎早已產生了厭倦。什麼

「乘風破浪」，什麼「海闊天空」，什麼「到大風大浪中去鍛鍊」，什麼「四海翻騰雲水怒」，所有這些總是掀起人與人鬥的海洋豪語，在你的詞典中都沒有形成正面的意義。相反，海的喧囂對你是威脅，海的翻滾對你是吞沒，海在那個年代被突出的狂風暴雨的一面全都使你感到吵鬧和頭昏。海與破壞的暴力，壓倒一切的形勢，以及接連不斷的運動是聯繫在一起的，海使你聯想到的是電影上千軍吶喊的衝鋒，是狂呼萬歲的遊行隊伍，是森林般舉起手喊「打倒」的群眾批鬥會，是播放著進行曲的高音喇叭，是紅旗招展的大會戰工地，以及種種烏合之眾麇集的場景。你坐在一塊巨石上對我說，進山就是為了遠離人海，好在白雲深處圖幾天安靜。

你說海其實很單調，橫豎不過一大片水，它的深廣本身對人的行動就是一種限制，它的變幻莫測則充滿了危險。但山是穩重而安全的，住在山上至少沒有在風浪中沉沒的危險。山是人的老家，沒有山林，恐怕就沒有人類。你把進山視同尋根。你珍貴自己的身體一如你尊重你的自我，所以，你絕對不願意拿自己的身體去冒風險。我只知道你工作得非常勤奮，但到了後來，我才發現你一點也不喜歡做白白消耗體力的事情。如果沒有必要去吃苦和受累，你寧可讓自己過得更舒服一些。因此，提起了我登山的往事，對我那近乎狂熱的勁頭，你就有些不以為然。

我說我愛海，只是就當時對話的語境而言的，這並不意味著我不愛山。其實我不只上過的山比你多，登山的興致也比你大。登高對於我向來都是非常刺激的行動。「會當淩絕頂，一覽眾山小。」「登高壯觀天地間，大江茫茫去不還。」我有一股不可遏制的攀登欲望，腳踏上一座山的最高峰，這就是我登山的最終目的。我幾乎是用登山運動的要求來設計我的行程的：總是喜歡險途，喜歡拼命向上爬，喜歡趕到最前頭，把同行者都甩在身後，甚至最好是單獨行動，儘量不受別人的拖累。從太白山到海螺溝，從泰山到黃山，華夏的名山我已登過很多，我為此而感到得意。但回顧我登山的經歷，我覺得我最大的興趣只是作一個孤獨的佔領者，只是為了滿足旅遊的雄心或類似完成什麼指標，結果匆匆地征服了高度，卻因為目的性太強而忽略了沿途上盤桓悠遊的樂趣，而到最後，便只給自己留下了一身汗濕和腳腿的痠困，以及在個人的旅遊史上不斷增加的登山數字。我喜歡用「消滅」來表示我已經完成的登臨，仿佛是打仗攻佔目標，一座山我一旦登過，便不再有重遊的興趣。你說我是在消費風景，你不理解我為什麼把每一次的登山之遊搞成吃苦耐勞的拉練或週期發病似的自我放逐。

我知道了，長期以來，我都是用種種盲動來擺脫我所厭倦的日常環境的，登山便是我盲動的表現之一。生活加給我太多迫使我承受的事情，由於缺乏主動選擇的條件，我只好用暫時逸出軌道的做法讓自己有一點自由行動的感覺。我的好動大概都是平時的無所作為悶出來的。而你，卻是個大忙人，你處在目的明確的行動中，你有做不完的事，你進山是為了留下來好好地沉澱一下自己。所以對你來說，山是住下來的地方，是不是名山，窮不窮絕頂，都不重要，重要的是找到了一個把自己暫時隔離起來的環境，好在那裡做一番修整和清理。作為一個山上招待所的住客，你自然有機會享受山居的諸多樂趣。你向我細陳了山居的好處：不必成群結隊地趕路，從一個景點奔向另一個景點，不必到遊人常去的地方湊熱鬧，不必帶上沒有消化的印象匆匆離去。現在已經住了下來，一出房門就是山野，當然可以從容領略山間的朝暮和陰晴，可以一點一點地發現，今日去探深谷的幽趣，明天去看奇峰的風光。這就是山和海的不同，你向我明確指出，海上的航行是平面的和線形的，所以易生單調；而山則峰迴路轉，如往而復，窈窕尋壑，古木無徑，蟲鳥啼鳴，騰雲吐霧，那是一個立體多面的世界，它的豐富和可觀可覓之處遠遠多於永遠都是皺滿了波紋的海面。

可惜雞公山一別，我再也沒機會消受山居的清福，從你的來信中也漸漸透露出，山居的沉澱池似乎對你正在失去療效。好像一個行俠的劍客江湖上遇到了挫折入山再修煉似的，你往往在生活中出現危機的時候就上山退避一陣。你本來是想進入一種外在於你的東西，結果你發現你試圖逃避的東西也蔓延到了那裡。你說，比如越蓋越多的廟宇就最令你生厭，你受不了香火的氣味，它燻黑了佛像，也燻得你無名火起，燻得山林受到了污染。終於在一個登上伏牛山的冬日，滿目荒涼，面對一片貧瘠的土地，你的山興索然淡了下來。你不太愛進山了，你說你心中現在有了山，你不再迫切需要外在的靜，靜正在作為一種心境充溢於你的生命。從前是動得太厲害，動得剎不住車，所以不斷地喊「靜」，想調節一下，好保護自己。現你已經自由多了，現在你想動就動，想靜就靜。是的，你的生活可以說就是一條為自由而鋪路的進程，自由並不意味著隨心所欲，自由首先得自主，它是能力的充分發揮，是可能性的盡力實現。動的痛苦是不得不動，那叫受動。你已經走出了受動的處境，你在亦動亦靜中游弋了。你做的很多事情只為了求一個終結，好在新的起點上再次開始。你走出國門，周遊世界，是為了帶著更寬廣的胸懷再返回山一樣厚重的故土。梭羅說過，「沒有寧靜的心思就不能領受美。」隨著對動盪和喧囂的恐懼已成為過去，海在你的想像中也不再是社會性的象徵之物，海現在就是海，是天光雲影下的景色，它也有它恬靜深沉的時候，你終於在三亞，甚至在非洲的西海岸和美國的東海岸發現了大海的靜美。那是風浪平息下來，而你也坐下來面對海的時候，海灣伸展開靜默的擁抱，好像要用它的深廣來延續你的沉思。你坐著，看著，想著，到底是你的思緒流向海，還是海的沉靜流向你，似乎再也沒有分辨的必要。

成熟對於你是豐收，是收獲一個美麗的夢。但成熟對於我則顯示出枯淡的徵兆，我也圓了遠方的夢，然後我感到無聊，因為這使我走到了無夢可做的地步。我去過了很多海，從南海到東海，從太平洋到大西洋，最後竟在異國的一處海灣給我的行蹤畫下了句號，做了個海港城市的居民。海簡直成了低頭不見抬頭見的遠景。海又有什麼，海已在一次又一次的現場性中遞減了人們加給它的東西，直到它就以它的一片汪洋呈現在我的視野中，直到我從那水上的荒原什麼非海的意蘊也看不出來，以致對它熟視無睹的時候，我終於懂得了生命之旅上「損之又損，以至於無」的總趨勢。如果可以把更多地經歷視為收穫，經歷過後的消解大概就是這一收穫的代價。原來，一次環球航行的目的只是為了回到起點，而終於沉靜下來的身心警覺到的竟是藤蔓一樣爬上來的麻木。我現在時常驅車去海邊一眺，走過燈塔，走進鷗群，岩石一樣站定，面向海和天持久展開的白卷發獃。我想測試麻木在我身上蔓延的程度，我想，我充其量只能從剎那的警覺中激起一點抵制它侵襲的能力。

死睡

莊子說過，「至人無夢」。至人乃是修養到家的人，是神人，他獲得了特異功能，能憑著自己的意志把夢影徹底清除，使他的睡眠純淨得像一瓶醫用的蒸餾水。他那無夢的睡眠應該是一種清醒的睡眠，它的澄澈有如深潭，它的清朗好比藍天。至人的無夢大概是把醒與睡合而為一，是不睡也不醒吧。

這幾年來，我的夢是越來越少了，少得快到了無夢的地步。但若拿至人那種理想睡眠的境界來衡量，我的無夢好像並不怎麼空靈，它反倒叫我覺得非常重濁。我總是睡得沉悶而枯燥，每夜一跌入黑甜鄉便一覺到明，睜開眼睛的時候，我常有一種從短暫的死中復甦過來的感覺。因此，我把這樣的無夢之睡稱為「死睡」。死睡是沒有內容的睡，像荒漠寸草不生，像污水魚蝦一無，像月亮的背面沒有絲毫的光亮。昏沉沉地睡去，又昏沉沉地醒來，每一個昨夜都被糊裡糊塗地抹上了沒有記憶的黑團。睡眠之於我，越來越成為純粹的生理現象，越來越失去了從前那些富有想像和觸發情感的成分。現在，睡與醒之間的聯繫完全由於夢的缺席而被一刀切斷了，無夢使我不斷地經歷著沒有感覺的時間，無夢使睡眠成了對生命的浪費，無夢徹底埋葬了另一個同現實並存的超現實主義世界。我開始懷疑所謂「至人無夢」的美好境界了，每一次從荒蕪的睡眠中醒來，我都驚懼地感到了自己的生命走向衰頹的跡象。

無夢恐怕並不一定就是精神清醒的表現，它更像是一個人內在資源漸趨耗竭的癥狀。比如拿我現在的情況來說，居住在異國已經三年有餘，離鄉萬里，海天茫茫，按說所處的正是「魂一夕而九逝」的境遇，夜夜都該踏上夢中的歸途，去尋故里，去會舊友的。可惜所有的思念都發生在有稜有角的白日，都是乾巴巴地概念式的，都是通過這個人的名字想起該人，或通過提到某種食物的名字來訴說我的蓴思。我總是大睜著眼睛，面對不可穿越的空間，讓抽象的思念紛紛碰了現實的壁。幾乎沒有一星半點的餘緒能滲入夜裡的睡眠，編織成哪怕是能讓我一剎那信以為真的夢境。是我的睡眠的顯像管出了問題，還是我喪失了記憶夢境的能力？為什麼我再也夢不到我想夢的情景？為什麼我的睡眠總在早晨交出一張令人失望的白卷？已經好久沒有夢感了，我渴望做夢，就像龜裂的田地渴望雨水。

人的境況之不同有如其面。很多人都苦於失眠，我卻嫌自己的瞌睡太多，恨不得把過剩的瞌睡分一些給某一個總是睡不著覺的朋友。有些人為夢所擾，我卻厭倦自己的死睡，焦急地盼望好夢的降臨。可恨那睡意和夢思從不受我的控制，不管我在白天做怎樣的準備，到了晚上，頭一挨枕頭，人就像石頭沉到水底一樣睡過去了。別人都認為這正是我身心健康的表現，只有我自己知道，我的生命的一部分早已緩緩地由熱烈轉向淡漠，幾十年來上下求索的心，是在沉船一樣墜向軀體的某一個暗角了。夢其實還在按它的機制在我的睡眠中工作著，只是內在的驅動力日弱，所演變出的圖像也就漸漸地模糊起來。我仍在睡眠中睜著夢的眼睛，但我看不清楚，甚至視而不見，因此到了第二天早晨，往往就帶著一無所記的頭腦醒了過來。從一方面看，這死睡也就是安眠，是遠離了顛倒妄想的睡，是從向外的遊蕩轉回了自在的盤桓，是在大量地放棄之後得到了自足的狀態。但從另一個方面看，無夢也是一種近似於眼花耳背的現象，欲望已差不多把水汁出得快乾癟了，經歷增多，嚮往遂少。從前，每當久已夢想的事情終於成真時，往往會有「豈其夢耶」的強烈反應，現在則對很多值得驚喜的事都顯出很平常的樣子。連對現實的夢幻感都已十分微薄，夢怎會輕易地造訪我的睡眠？

嗜欲依然存在，只是慢慢由從前的發自身體轉向如今的縈於頭腦。就拿吃喝來說吧，小時候是見了很多飲食都饞，吃到口中都香，於是夜裡就常夢到豐盛的食品，令人饞涎欲滴的場面。而最讓人夢醒後回味無窮的是，伸手去拿那些好吃的東西，卻總是拿不到手，而剛咬到口中還沒嘗出味道，便遺憾地醒了過來。夢中的情景有時會深刻到這樣的程度，以致夢醒之後竟不相信已經醒來，或不太願意回到醒的世界中來。後來好吃的東西吃得遠遠多過往昔，口味卻成反比地下降了許多，飲食之夢遂不復出現。這幾年我從海外給西安諸友寫去的信中最喜歡念叨羊肉泡饃，但我從未夢見過我們西安任何饞人的風味小吃。我知道了，原來我當前萌發的蓴思基本上是由於不滿意現狀的某些方面而產生的遐想，它更多地聯繫著頭腦裡的文化鄉愁，而很少出於真正的腸胃思念。只有後者才最能鼓動夢的工作，前者僅限於光天化日之下作出誇張的自我表現，發一些言不由衷的議論罷了。

隨著性在夫婦生活中紮下了根，早年那些叫人銷魂的春夢也去「似朝雲無覓處」了。那時候，我總是夢見一些異性的迷人面孔，眼熟中疊印著陌生的模樣，神態在可親與矜持之間流動地變換，身體是虛實參半的，著衣或是赤裸，接觸或是撲空，其間的界線常常模稜兩可，弄得人對迷離恍惚沉醉到不願醒的地步。每一個春夢都電影般令人全身心地投入，經歷著纏綿或激烈，引起了驚喜或悵惘。夢中的每一個細節都把餘震擴散到醒後，都讓人帶著臉燒和心跳，伏在枕上長久地獃想。難道現在的無夢是因為我已變得比過去清心寡欲了嗎？當然不是。性想像的頑念幾乎是至死不渝的，但早期的情欲是血肉中溢出來的，其瀰漫的精力足以把色情的夢境塗抹得瑰麗多彩、春韻搖蕩。現在的情欲則退縮到了極有耐心的頭腦中，僅在白日作無聊的淫思而已，與那靈肉具顫的夢已永絕了情緣。

無夢也是高枕無憂的結果。夢的工作並不是只受欲望的支配，盡給人編造一些樂事。夢中還有潛伏的憂慮，像鬧鐘一樣頻頻向人提醒著深遠的恐怖。我在「文革」中曾因「思想反動」有過幾年牢獄之災，其後雖脫離了那樣的環境，但由於餘悸一直在懷，多少年都在反覆做一個把我驚醒的惡夢。我總是夢見自己又因同樣的罪名落了「二進宮」的下場，高牆森然在目，環堵處處如昔，我像籠中鳥一樣轉來轉去，在計算刑期的焦慮中悚然而醒。只是在我走出國門之後，這個不知困擾了我多少次的惡夢才連根斷掉，再也沒有在大洋另一邊的睡眠中出現。確實，我寧可一年到頭夜夜都是死睡，只要不再撞上那個可咒的惡夢。

那麼我到底想要什麼呢？安寧的日子過膩了嗎？是害怕在平靜中變得麻木，因而突發了重溫舊夢的幽情，還是僅在紙上留些癡人說夢的話語，然後再去繼續我的死睡？

乾花

乾花介乎鮮花與假花之間，揚棄了它們的缺陷，卻兼有二者之長。

假花除了以它那旺盛的外觀幾可亂真以外，似乎再無什麼可取之處，它只是花形的手工藝品，是絹或塑料製的裝飾物罷了。它本無所謂凋謝，自然談不上有什麼生命。而花之為美的本質卻在於它生長週期中呈現的變化：由含苞到怒放，由盛開到零落，它美得脆弱而短暫。相比之下，假花的永不變色反倒讓人覺得枯燥無味，它製造了一種廉價的不朽，這使它的完美只處於零度的水平。對於鮮花的開謝匆匆之美，中國古代的詩人在大量的詩詞中曾傾注了太多的愛憐和癡情，林妹妹的葬花之戲可謂把這一古典的感傷推到了極端。

非常遺憾，多情的詩人大概把過多的心思耗於咬文嚼字，他們雖然如此惜花憐香，卻不知道動一下腦筋，想個什麼法子把花枝已開而猶未過分盛開的姿態固定下來。而另一些費盡刻楮之功的人則太熱愛人工的徒勞，他們並沒有想到，花葉本身就可以製成假花根本無法替代的藝術品來。其實，很多並未感染詩意憂傷的普通人都知道，你若有興趣把花瓣夾在書中，等它慢慢乾卻，就能讓它那脆弱的形態，連同其不可複製的顏色，一起完好地保存下來。我們當學生的時候也有過那樣半浪漫半實驗的興致，往往是在春花盛開或秋葉紛飛的日子裡，讀書讀到了欣然會意的一頁，順手就把隨便什麼花葉當書簽夾了進去。那並非有意的製作，只是出於一時的好玩，但很久之後的那一天忽然翻開了書本，你會發現這樣的處理竟無意中留下了春色或秋意，特別是花葉間殘存的淡淡氣息，最能喚起你生活中某個特殊時刻的記憶來。女士們似乎更精於此道，她們無師自通地摸索出壓花的藝術，在一幅幅用乾花乾葉拼湊的圖案中，製作者竟把某時某地純粹屬於個人的感觸與凝固的色香一起巧妙地貼到了白紙上。每一幅壓花的圖案都是一張抽象派的速寫，一篇懷著思念採擷的遊記，一首用草木本身寫成的詠物詩。它們還可以製作成壓花卡送給朋友，以最樸素的美表達了不管多麼值錢的禮物都表達不了的心意。

我一直認為，植物的不朽與動物的不朽在觀感上有很大的不同。不管是木乃伊還是動物標本，所有經過技術處理的乾屍都殘存著那種令人噁心的臭氣，就常人的感覺來說，血肉之軀的死亡總是醜惡而可怕的。植物的機體則由於具有完全不同的結構，它的死亡便可以製作出不朽之美，只要經過適當的處理，脫盡了水分的草木就會作為無生命的物質長久存在下去。

這是一種將生命風乾了的美，它雖死而猶活，已老而不衰，在它那非生命化的物質存在中，生命旺盛時刻的形態和色澤就那樣的固定下來了。這確實是一個奇蹟，草木在活著的日子裡不可能長久保持的姿色，在它乾死以後，反而得到了倖存。這樣看來，在進化論上處於低級種類的植物，其審美的資質反有了高於動物的地方。古代的修道之士之所以把草木當作學習的榜樣，去參悟其返璞歸真之路，恐怕就是因為他們在草木的身上看到，生命的氣息可以和非生命化的物質存在形式在一起完美地結合起來。

乾花藝術的製作者和欣賞者都有一個共同的愛花觀，即儘可能地發現草木的悅人之處，把開發每一種花葉的不朽之美搞成一種美化生活環境的實驗。這是「爾汝群物」的喜悅，它與那種感傷、托喻式的詩意情緒是完全絕緣的。花就是花本身，它並不是什麼擬人的象徵，有品級之分的類型，或自戀心理的能指。它與園藝學和室內裝飾的聯繫遠多於同詩歌的聯繫，基本上它是一種愉悅眼睛的對象，一個講究生活情趣的人更懂得如何把它做成賞心悅目的東西，而不是給它強加這樣或那樣的隱喻。陸放翁說得好：「花如解語還多事，石不能言最稱心。」乾花可被視為石化了的鮮花，它就是它自己的塑像，無需刀斧之工，它就在它脆弱的有限性中完成了向持久的轉化，化身為天然的自我雕塑。在乾花的枝頭，顏色是由嬌嫩變得黯淡了一點，曾經襲人的氣息也似有若無了，它確實喪失了那種濕潤的鮮妍，但正是因為它老在了青春姿態的某個凝固點上，最終才避免了凋謝和腐爛的命運。

乾花的製作在美國已發展成具有一定市場的批量生產，走進禮品店或花木店，一般總會看到一束束紮好的乾花，五顏六色地陳列在某個角落，它們同手工編織，家用的粗瓷器，以及原質原色的木頭家具一起構成了農莊的美國特有的粗樸之美。你還會發現，在這些乾花束中，庭園裡名貴的觀賞花類往往很少，較多的是那些路邊和草叢中常見的野花。因為肥艷碩大的花朵並不適於乾花的製作，花瓣細小而質地牢實者製作的效果才會更佳。如果你有興趣親手製作，在不同的季節走過山野樹林，你的採集都會有特殊的收穫。只需把鮮花束倒掛在通風的地方陰乾，待一些日子，你的乾花就製作好了。這裡所說的乾花並非單指乾卻了的花朵，其中也有或紅或綠的乾葉，乾而不枯的草莖，農作物豐碩的乾穗子，以及繞成環狀的乾藤蔓。把這些素材巧妙地搭配起來，一個乾花拼湊就布置完備了。

乾花的美似乎帶有對過去農業時代的懷念，在從前的農村人口大都轉入了城鎮居住的今天，很多農家院裡最常見的東西都成了裝飾品，如掛在門旁的玉米棒，裝飾餐館櫃臺的大蒜瓣，甚至一捆秫秸，幾根麥穗，也可以由於布置得當而給某個店鋪或人家添一點鄉野的氣息。這就是農莊的美國之美學，它重視藝術的日常生活化和裝飾的實用性，它的風格是在粗樸的本質中流露出素淨的雅趣來。它確實讓你感到，它的各個方面都是粗而不俗，樸而不陋的。

乾花的趣味是非文人化的，它和盆盆罐罐，筐子籃子，以及几案床舖一起充實了日常生活的富足，使居室內滿溢安適的氣氛。它本身就是美國人喜歡的well-being。雕琢和繁複於它純屬多餘，它只以它袒露的單純陪伴你的起居，平靜你的心境，使你在故我依舊的感覺中聊以卒歲，不知老之將至。

荒野之美

荒野就是世界的本來面貌，是大地上至今還沒有充分開發的地方所呈現的景象。當然，在今日的地球上，真正原封未動的地方已所存無幾，而且只會變得越來越少，我們所說的荒野只不過是由於地理或氣候的限制而得以倖存下來，或由於人為的保護還能局部地存在下去的區域罷了。就荒野的本意而言，乃指純粹的自然狀態，但在今日世界的上下文中，這樣的自然狀態則更多的是在現代人的文化有色眼鏡下呈現出來的景觀。遠古洪荒時的荒野是要把人吞沒的荒野，它使生存於其中的人更多地感到恐怖。作為發展著的人力圖克服的障礙，它其實並無什麼美可言，只是在人走出了野蠻的狀態，同自然有了分隔，開始從文明的高臺上遠眺自然的景觀，或偶然離開人群而步入林莽，走出城市而奔向遠郊之時，才會對所謂荒野的景觀感到神往或驚嘆。荒野的美感衝動可被視為一種突然湧現的返祖心態，人對其宿世足跡的模糊追憶。特別是對生活在荒野之外的現代人來說，荒野的美感衝動，主要是人皆有之的新奇感，是暫時擺脫了日常生活狀態的輕鬆心情，也是城鎮居民得花錢去買的奢侈享受。

然而，到那些國家公園或自然保護區去旅遊，去更遠、更艱險的地方探險，畢竟只是少數人有機會做的事情，去了也不過暫時經歷一下而已。更為理想的情況是，盡可能使荒野的情調成為我們日常生活環境的組成部分，即在我們居住的城鎮裡盡量保留山丘、河湖、林木和草地的自然狀態，從曾經侵入的區域撤退出去，把業已破壞的部分恢復過來，最終使我們的大街小巷和房前屋後成為與荒野的總背景有機組合的居住環境。在人口還未造成太大壓力的北美，這樣的景觀依然隨處可見，而在維持其存在的長期努力中，人們似乎也養成了一種對荒野的特有情趣。比如，在城鎮之間和一個城鎮的不同區域，乃至在居住區或孤立的房屋之間，一般都盡量保持著成片的樹林。對於這些樹木，最主要的管理倒不是修修剪剪之類的園藝性照料，而是保持其自生自滅的狀態，一任其殘枝敗葉在叢莽間積累起來，無視那些橫豎的斷株枯木長年累月地腐爛下去。一位來自中國農村的女士每每看到那些倒在林間慢慢爛掉的大樹，總是由不得可惜地說，白糟蹋了這麼多可以收拾回去的柴火。她的思維習慣仍在從樹木的用處來看樹木的價值，其不知正因為這兒已不再用柴火煮飯或取暖，樹木才有幸能在它倒下的地方慢慢爛掉，而樹林也才有可能以其蕪穢的面貌保持了環境的荒野性。貧困正在使地球上的很多區域退化得更加荒涼和貧瘠，只是在富足的情況下，荒野才保持了旺盛的勢頭。在新英格蘭的城鎮中心，大都有一大片綠草地，據說這些作為街心公園的地方，在殖民初期都是周圍的住家戶共同擁有的牧場，後來不再有牛羊可放，有實用價值的牧場就成了供人遊憩的草地。在此類草地上很少看到精心培植的花木或亭臺廊榭之類的建築，它常常顯得有點枯燥而空曠，但正是它的景色的單純，才使人置身現代城鎮之中還能恍忽間一瞥農耕時代樸實的野趣。也正是這樣的樹林和草地，為城鎮招來了成群的飛鳥，還有不怎麼怕人的松鼠，偶爾出現一下的鹿群。人因此才得以緩解一下文明的疏離感，才覺得接近了世界的完整性。應該在這一意義上理解梭羅所說的一句話：「世界存留在荒野中。」現在美國的環境保護組織已把此言奉為座右銘，它也被曾在緬因州初次感受到荒野呼喚的攝影大師坡特(Eliot Porter)選為他一本攝影集的標題。

這是一本影像與文字相映成趣的攝影集，每一幅風景照都配有選自梭羅作品的片段，照片上的景色好像是對梭羅用文字記錄的觀察作了視覺上的呈現，而所選的引文則在我們欣賞的畫面上延伸了通往另一向度的感覺。照片的排列順序也像《瓦爾登湖》一樣遵循著春夏秋冬的進程，畫面中的每一個細部都令人想起了梭羅在他的《日記》中所描述的一個博物學家的仔細觀察。我一直認為，美國的文學或藝術中呈現的荒野之美有一種獨特的追求，這就是對於自然界一草一木，一蟲一鳥所持的認知的興趣：被觀察和被模仿的景像和物體總是作為目的本身呈現在我們眼前的，它的美就煥發自它本來便是那樣的存在之中，每一個個體的獨特性與其他的個體構成了這個世界繁複多樣的色彩。與中國式的古典野趣根本不同，它既不是托物言志的載體，也不是堆砌詞藻的鋪陳。對物的模仿並不導向道德的諷喻，也不存在分類的物與人格類型相對應的類比體系。比如，在梭羅的《日記》和《瓦爾登湖》中，我們可以明顯地看到，他首先是出於去過一種實驗性生活的動機而步入了荒野，他常常是為了記下對動植物或某一景像的研究性觀察而寫下了很多別有情趣的素描。愛默生認為，除了與德性的關係以外，事物還有其與思想的關係，因而世界也會作為知性(intellect)的對象在我們的眼前顯示出它的美質來。深受到愛默生的超驗主義(transcendentalism)思想影響，梭羅試圖到荒野中去尋找所謂「更高的法則」(Higher Laws)，他想深入到自然最野性的方面去實踐一種最簡樸的生活，一種盡量減少利用和榨取自然的生活，在大自然的課堂上靜觀陰晴寒暑的消長，默察草木蟲鳥的活動，以觀照的眼睛從地平線上整合出美的風景來。

這種荒野之美是不帶感傷色彩的，是反浪漫主義的抒情狂熱的，是同拜倫那種在暴風雨中叫囂的自我擴張大異其趣的。它旨在從事物的絕對秩序中捕捉到日常生活的視角往往無視的美景，它發現的是熟識中的新奇，是「綠滿窗前草不除」的生意，是最藐小的生命以其獨有的方式令人感到驚訝的一面。我想，梭羅之所以在康科德(Concord)附近的瓦爾登湖結廬人境，每天拿上筆記本記錄林間湖畔的動靜；坡特之所以棄大峽谷之類的雄奇景色不顧，而一心在新英格蘭的土地上用鏡頭擷取荒野的片斷詩意，就是因為他們相信，美就在我們身邊，它是有待我們發現的東西，審美的愉悅在於我們有能力發現並表現美。荒野並不全在荒無人跡的地方，我們周圍的自然只要不是作為使用的對象被人榨取，而得以在閒置的狀態下煥發其生機，我們就能欣賞到荒野之美。荒野乃是這個世界的營養，我們所有人的身心都需要它的滋補。對一個走向荒野的人來說，閒暇是最大的享受，向自然學習是最主要的目的，而學會如何去「看」則是需要培養的能力。坡特的攝影和梭羅的筆記都是教我們如何去「看」的好教材，二者都教給我們對自然的敏感以及敬慕自然的態度。

這本攝影集的「引言」指出，攝影是最現代的藝術，同時又是最不「現代主義」的藝術。它的作者進而爭辯說，把照相機僅僅說成一個再現的機器，或以為攝影在步寫實繪畫的後塵，都是不正確的看法。攝影的困難在於攝影師不能像畫家那樣把自然本無的樣式和構圖強加給自然，但他可以通過選景和剪裁來顯示出一般人視而不見的構圖和樣式。攝影師僅憑自然本身便能變幻出新奇的美，幾乎沒有什麼媒體像攝影這樣，能以藝術和技術的完美結合教給我們注視自然的方式。就我個人的趣味而言，優秀的攝影作品總比那些太新潮的繪畫有更多的藝術魅力。因為很多新潮的玩意都是藝術家自己想像中的東西，它們與我們熟悉的現實世界並沒有多大的關係，而優秀的攝影作品卻提醒了我，彷彿使我擦亮了眼睛，一下子從熟悉中看出了新奇，以致被那幾乎要流溢出來的氣韻所感染，想起了某一個遙遠時刻的感覺。

翻開坡特的攝影集，其中的每一幅畫面都向我們顯示出荒野中靜美的一角，同時也傳達了季節變換的無聲腳步在邁進的瞬間駐足時流露的聲息。明暗的對比，色彩的深淺層次，全都能讓我們僅憑著眼睛就可以感知到寂靜下面的聲音。比如，在一片枯枝敗葉間，幾片肥嫩的苞芽露出了頭，那向上頂的尖角正在花一樣綻開。這樣被集中凸現的畫面就使人立刻感受到，春天甦醒的氣息正向你撲面而來。從景色中似隱似現的色調也可以看出歲月暗中換裝的跡象，在樹叢的所有赤裸枝條上都冒出了看不見的細芽的時候，一幅從遠處俯視的全景便以比印象派繪畫更悅目的點點淡紅與嫩綠將春意隱隱約約地浮現出來，愈是用鏡頭的框範把過於分散的背景排除在外，愈是凸現生命在局部的小天地中沒受到干擾的安恬時刻，愈能傳達出荒野狀態的舒適性。巨松下一個窪窩有幾根柔韌的草梗，軟軟的黃葉，再夾雜上片片絨毛和半乾的松針，就給五個易碎的鳥蛋鋪成了暖和的床褥。自然界的每一景象都同人的某種內心狀態相對應，荒野之所以對人的精神有滋補之益，就在於它的每一個局部美都能喚起我們被日常生活的瑣碎考慮沖淡了的愛心。欣賞乃是一種移情的行動，是對所欣賞的景像的認同，領會了荒野之美，就是肯定自然界的每一個微末處所都有保持其原模原樣的價值。在一八五一年冬日的一頁日記中，梭羅記敘了他在山上聽到伐木聲時的悲痛：他哀悼一棵巨松的倒下，「那摔倒在岩石上的喀嚓聲刺耳地響起，它向你宣告，沒有一棵倒下死去的樹不發出叫苦的聲音……魚鷹來春重返河畔的時候，牠將徒然飛來飛去找牠落慣了的樹梢，老鷹則會為這株庇護牠築巢的參天大樹發出哀鳴……」。梭羅並沒有傷春悲秋之類的吟詠習氣，他為之痛心的，是人的占有欲對荒野的破壞，至於生命自然的萎謝，在他看來，其中也自有值得贊嘆的美。這幅畫面像一塊手帕兜起了地面上一方天然的圖案：墨綠的松枝和半黃的松針鋪成了鬆軟的底子，幾片落葉零亂分布於其上，有的暗紅，帶著黑斑；有的淺棕，已爛掉了邊際；有的還泛著沒褪盡的綠色，發出了衰弱的慘白。這幅圖所配的引文贊美了生命流程中作為一個環節的死亡：「它們死得多麼美，又為土壤作出了一年一度的奉獻！落下之後還會再長起來……它們就活在它們使之更肥沃更豐厚的土壤中，活在春天還會來到的樹林中。」天公好生亦好毀，要是任所有的生命都無限制地繁殖下去，瘋長的荒野勢必由於過量膨脹而變得十分醜惡。死是對生的調劑，死亡的間歇使生在挫折中有了節奏的律動。正如梭羅所說，「生和死都是大自然的倫理組成的部分。」

在二十世紀，人類對自然的征服可謂達到了巔峰，人們恨不得把地球上能開發的地方都盡量開發出來，以滿足日益增長的消費需求。只是臨近這個世紀的黃昏，人們才有了警覺，才萌生了與自然和解的渴求，才發現荒野的大量萎縮給我們留下了難以彌補的遺憾。於是，曾被等同於荒蠻，而一直被努力改造的荒野現在露出了新的面貌，世事好像又在返回原來的出發點。但這不是倒退，而是在一個更高層面上的復原，是如往而復，是更人性地向自然回歸。

飲趣

我不太相信酒能消愁的說法，我也不贊成用酒消愁，因為與平日喝水或喝其他飲料不同，飲酒並非為了解渴，飲趣在於品嘗美味，在於給特定的場合增添一種氣氛。酒若能消愁，愁豈不成了一種需要酒的焦渴？渴則思飲，飲而渴解，長期下來，一個人就會在身體或心理上養成對酒精的習慣需要，最終喝得上了癮，把本可以讓人得到樂趣的事情弄成了對一種化學作用的依賴。所以我很少獨酌，只有偶然得到了什麼特別的佳釀，才會因好奇忍不住想先嘗它兩口，或在心情愉快的時候喝上幾杯。

如果總是獨自耗盡自家的瓶中貯存，我會有一種在私下偷吃什麼的感覺，覺得那幾乎是對所飲之酒的浪費。酒是一種液態的火，它在它的冰冷中蘊含著可以逐漸釋放出來的熱。當你略微抿一口好酒，在延遲的下咽中，讓它的醇味緩緩在口舌間擴散開來的時候，你的心情和思緒就會漸次升溫，你會覺得日常生活沉積在人身上的僵硬忽然軟化起來，被潤濕了的喉嚨於是有了表達的衝動，就在這樣的時刻，你產生了想和別人交流的欲望。所以我認為，酒是一種應該分享的東西。好飲之士有了佳釀總是呼朋逐友，好在對飲中盡情享受傾談的快感。談話的好處是能把從唇舌間滲入的熱量又從唇舌間散發出去，就像在通風良好的情況下燒一把火，一下子便燒起了跳動的火苗。但一個人喝悶酒則如濕柴暗燃，身上的熱只能生成煙一樣陰暗的東西。它是沒有真正起到興奮作用的廢渣，由於未能昇華成激情的表達釋放出去，遂留在肚子內發酵，結果作為穢物被吐了出來，這就是醉酒的現象。

我也不太喜歡在一群半生不熟的人中間應酬性地喝酒。很多人根本不會喝或只能喝很少一點，和他們在一起喝當然沒勁。有些人能喝，但似乎唯恐自己先被灌醉，因而喝得非常算計。他們總是盡量給你勸酒，好像他們能夠倖免就占了什麼便宜似地，他們常常有耐心在自己的清醒中等著看別人醉倒。在這樣的場合，只有杯與杯的相碰，人與人的交流大概是非常稀少的。

我喜歡和能喝在一起的人對飲，最好只有兩個人。隨著瓶中的酒減少下去，嘴裡的話就漸漸多了起來。剛坐下來時的某種陌生感已完全消失，抬起有一點發熱的眼睛向對方注視，朦朧中人與人一下子顯得親切了許多。酒精鬆動了我們的關節和神經，平日不知藏在腦溝哪一道生鏽褶皺內的奇想便在此刻析出，化為妙語連珠傾瀉出來。舌頭稍微有些失控，但還沒有達到開始發硬的程度，就在這樣的限度內邊喝邊聊，你能感受到的飲趣最為理想。

陶淵明的五柳先生是「性嗜酒，家貧不能常得，親舊知其如此，或置酒而招之」。我因為常和別人在一起喝酒，在酒上面受惠於人的地方多得簡直數不清。我發現很多好飲酒的人家中櫥櫃裡都有不少酒的收藏，但我沒有。我基本上是一個喝野酒的人，受邀的機會遠多於邀人，在飲者群中只夠排到食客之列。所以我喝酒幾乎沒有什麼特別的講究，常常是碰上了就喝，喝完了便走。要來談喝酒的感受，我自然會想到幾個與我分享飲趣的主要人物。

第一個是我的弟弟正觀，可以說是由於他的大量餽贈我才發現了酒的美味。每一次回家，他都帶給我很多名酒。我妻子常說我：「你喝正觀的酒一輩子都還不清。」弟兄之間不同於朋友，不一定有學問、事業或私事方面的共同話題可說。杯盤之間，我們只是彼此問東問西，好像在用一些斷斷續續的閒話下酒一樣，讓交談的節奏即興地調節著酒力擴散的進程。我常常有一個奇妙的感覺，在喝到了一定程度的時候，我發現弟弟的神態中依稀呈現出已故的父親當年陶然時所流露出的某種神氣：有一點頹唐的得意，動作開始變得笨拙，笑容的展開是緩慢的，微微發紅的眼睛時不時地把目光下垂到不知什麼地方，有時候要用左手托起腮幫，手掌的一部分就遮住了嘴角，好像要遮住一些口中的酒氣……。孩子與父母在形體上的相像是一眼就可以看出來的，但某種神情或特殊姿態的遺傳卻只有在一些偶然的瞬間才能被感覺到。酒是不是就像顯影劑一樣，在達到一定的濃度時，便能使人身上暗藏的某個密碼一下子現了出來？

另一個印象很深的酒友是健斌，是他的挑戰使我發現了自己的酒量，他的酒風整個地貫串了一個豪放主人的姿態，可以說在各方面，他都有條件和資格享受更多的飲趣。坐在他家喝酒令人有置身酒館或酒店之感：從白酒到洋酒，從老牌到新牌，在他的櫥櫃裡各式各樣的瓶子與他太太豐富的書架形成了有趣的對壘。她一本本出她的書，他照樣一瓶瓶喝他的酒，好書與好酒居然沒有發生多大的衝突。我雖然好書，但和他聚飲，只顯示我好酒的一面，聽講一樣聽他有關各種美酒的鑒賞之談。我之喜歡和他對飲，首先是我們酒量相當。在認識他之前，我基本上未碰到一個酒桌上的對手，太多的對飲者都是些魯提轄所說的「不爽利的人」。健斌的酒風截然不同，與他喝酒讓人感到特別痛快。我以為他的酒品頗似烈酒，有時會露出咄咄逼人之勢，使得自恃酒量夠大的我偶爾也顯得有點招架不住。我們好幾次都喝到了再往下喝兩人都會撂倒的地步，這時候他太太就出來及時制止，我們便在下滑的一刻煞住了車。

健斌的表現讓我覺得，他似乎很在乎對飲者雙方喝下的量是否均等。對他來說，這顯然物質地體現了兩個人在飲酒的行動中人格上有多大的投入，興致是不是很好，而掃興則是最讓人倒胃口的。我以為我倆在酒德上有一個共同之處，那就是先把自己拋出去，一喝起來，從不怕自己先被灌醉，而只怕自己顯得太小器（小器者，小容器也。真是一個地道的飲酒術語）。他甚至對喝酒小器的人有某種不能容忍的嫌棄，因為他們缺乏酒膽。一個人的酒量固然在很大的程度上決定於他先天的體質對酒精的承受限度，但也和他與人對飲時投入的深淺有一定的關係。因此我們一致認為，酒膽和酒量其實來自「誠」。古人云，不誠無物，我們也可以說，不誠無趣。

我們喝酒時常發一些奇談怪論，喜歡趁著酒勁使自己顯得可笑。我的奇談怪論是：女人之所以厭惡男人喝酒，是因為女人傾向自戀，愛好修飾；而男人卻傾向自嘲，有時故意讓自己出醜。愛修飾的女人追求完美，故重視梳妝打扮，通過屈從標準化的式樣來維持自己入時的形象；自嘲的男人則在平日潛在著背離常規儀態的動機，在過分正經的言談舉止使人覺得太拘束時，他們就喝上幾杯，好從日常生活的套子中暫時游離出來，讓自己露出丑角的面孔。自戀的女人當然更專注鏡子和他人的反應，把露醜視為壞的趣味；但自嘲者卻耽於胡鬧的樂趣，他們更陶醉自發的舉動帶來的快感。女人把她們的世界越來越引向陳列的櫥窗和畫廊；而這個世界卻給男人留下了一角狂歡的廣場，允許他們偶爾傻氣一下，頑劣一番。為了獲得自我醜化的感覺，很多男人選擇了酒杯。

我現在的酒友是和我在同一系教書的愁予。他的詩，人們都很熟悉，無需我在此多說一字，我只想說我們在一起喝酒的事情。愁予是一個古道熱腸的主人，凡是從遠道來訪耶魯的作家學者，識與不識，當機會碰上了他，他總真心實意地解囊招待。我第一次來美開會，第一次在新港飯館用餐，同席之中就有愁予。我記得他拿來了他存在這家餐館中的半瓶白酒，我們一人喝了一杯。沒想到我們後來就成了同事，初次見面的對飲已結下了某種酒緣。異國相逢，天涯把酒，想像起來，似乎是夠詩意的。其實各人的心都很寂寞，誰也不太了解誰漫長的從前，只是有一個對飲者要比獨自悶喝好得多罷了。於是有時候中午下課碰到一起，他就邀我去喝，開車領我輪番地結識新港的不同餐館。其中最常去的一個位於城內的破落街區，那裡的顧客永遠稀少，你不論那一天進去，地方都很寬敞，你的座位都會非常僻靜。有雨水澆著車窗玻璃的時候，也有落葉在腳下被風吹得浪一樣捲起的日子。在這個無處可去也無人可找的城市，兩三年來，我和愁予共飲的酒已不知有多少杯多少瓶了。和健斌相似，愁予也總是主人的姿態，盛情、美意，對酒有精緻的鑑賞。不同的是，愁予的酒品頗似溫厚的醇酒，同他喝酒，我不但覺得被照顧得很周到，而且覺得他對他所做的周到安排有一種像抿下一口美酒一樣的愜意。他就像他那輛喜歡載人的小車，向來都有足夠的容量包攬屬於情誼和雅趣的事情。他的年齡要長我許多，但他很注重杯盤間的禮節，坐在你對面總是很隨和的樣子，勸起酒來也毫無強迫的舉動，只是淡淡地向你提醒一下。而我剛一開始喝總有些發楞，呆板地面對他給我斟滿的杯子，先是自顧自地喝著，慢慢才進入狀態，往後就變得欲罷不能。這時我們的話也多了起來，也許是詩人特有的專注，他對我的某一想法或某一措辭偶爾會立即作出激賞的反應，說這就是詩、那就是詩。他說得很誠懇，他好像更喜歡走到文字的詩外，去特別留意日常的人和事之中有待發現的詩意。喝得來勁的時候，他說著話會微微擺頭，那搖擺的幅度極其微小，大概只有我才會留意去覺察此類偶然出現在一個人身上的不自覺的動作。我在我的想像中把那幅度擴大好多倍，便想起了京劇的鬚生邊唱邊做戲時擺頭的樣子。

愁予在和我喝酒時多次提到一個「酒之旅」的計畫，他想組織幾個有趣的酒友，去遍遊神州各大名酒的產地，作一次探訪美酒源頭的壯遊。我們期待這個計畫早日實現，我還要特別在此向有意於「酒之旅」的朋友發出飲趣的召喚。

感恩節有感

十一月最後的一個星期四，我們全家度過了在美國的第一個感恩節(Thanksgiving Day)。這是北美特有的一個節日，它的起源大概可追溯到三百七十多年以前。據說那時候新英格蘭的移民初獲農業的豐收，他們便在秋天的田野上大舉盛宴，邀來友好的印第安人共餐，在慶典中感謝天地養育之恩。從此以後，感恩的主題不斷變得豐富，除了在這個日子同親友聚餐，吃諸如火雞和南瓜甜餅之類的傳統食品，人們還去教堂舉行謝恩的儀式，為人間的和平與幸福祈禱。他們不只真誠地「謝」(thanks)，同時還樂於盡量地「給」(giving)，特別是給不幸的人送去關懷和幫助。

那天我們全家都去了教堂。教堂的大廳內沒有任何顯得俗艷的裝飾和布置，只有在中央的一張桌子上堆滿了碩大的南瓜、包菜和大蔥等象徵豐收的蔬菜，一切都讓人感到簡樸而肅穆。沒有人說話，大家都同牧師圍坐在四周，靜靜地等待儀式的開始。後來，我就跟他們一同起立，唱起了贊美歌。我本不會唱這類歌，但一開口就覺得很好唱，覺得有什麼力量在召喚我唱。唱完了歌，在座的人便輪流發言，為各自得到的幸運而向上帝表示感謝。上帝到底在哪裡，我並不清楚，眼前也沒有他的偶像和香火。不管怎麼說，他的存在絕沒有被理解為一個必須獻祭和諂媚的對象。在人們的心目中，他只是一個超越塵世的存在，正是面對這樣一個遠在任何個人或群體之外之上的力量，所有的人才感到他們在這個世界上的存在完全平等。因此，感恩的行動就是肯定我們每個人具有享受人間福祉的權利，它斷然排除任何個人或群體以恩賜者自居的僭越。在美國還從沒有聽說哪個執政黨及其政府要求人民對其感恩戴德，總統換來換去，不過是白宮的匆匆過客，他聽到的也許多是批評的言辭，他同全民共同面對著一個上帝。可惜中國人心中向來缺少那樣一個超越的存在，因此民眾慣於頌揚皇恩浩蕩，讓那些以恩賜者自居的個人或群體得以肆意地要求民眾的感激，並利用他們的感激，寄生在那感激上。

最後，我們舉行了群體的祈禱。我特別喜歡那些禱辭，現在就把它錄在下面：

為被囚禁和被折磨的人，為各處的受壓迫者，為那些改過自新的壓迫者，為通過非暴力革命取得的人類和解，為爭取和平、正義和自由的全球運動，為那些最需要的和為上帝嘉許的改革者、先知、布道者和詩人，為一切我們的智慧尚難以解答的事物，我們一起祈禱。

祈禱完畢，我們去教堂地下室的大餐廳共進感恩節的午餐。餐廳裡特別熱鬧，每張餐桌上都擺滿了節日的飲食，豐盛而樸素，分享的精神召來了各種不同背景的人。很多義工端著大托盤在餐桌間走來走去，忙著為大家服務，把招待好每一個進餐者視為自己的職責和快樂。有個專送南瓜甜餅的老太婆尤其熱心，聽說我們來自中國的西安，她特別高興，因為她去過那裡，還在那裡和很多當地的人擁抱過。於是我們一家人也和她擁抱，她快活得臉上發紅，兩眼發光。

最讓我感到驚訝的是，餐廳裡還來了很多窮人和乞丐，他們和教授、律師坐在一起，受到同樣的招待。沒有人特別注意或避開他們，他們自己也沒有表現出什麼不同於其他人的樣子，只是衣服顯得陳舊或過時一些，但一點也不骯髒破爛。在中國也有人給乞丐施捨，但很少看到誰會對乞丐有哪怕是些微的尊重，人們大都習慣以輕蔑的或不耐煩的態度扔給求乞者幾分硬幣或一點食物，而求乞者也慣於用乞憐的聲調和姿態乞求恩賜。蓬頭垢面和衣衫襤褸彷彿成了他們的職業化裝，一個人一旦步入了行乞的行列，就必須通過外表上的自穢改變自己的形象。因為你只有以一個完全被排斥於社會之外的可憐蟲出現在眾人面前，才有可能引起他們的憐憫，得到一點施捨。自穢也是遮羞的面具，當一個人放棄了修飾，進而有意敗壞自己的儀表時，他（她）就從中獲得了無恥的膽量：把自己弄得越骯髒越破爛，行起乞來就越能理直氣壯。布施者也似乎喜歡看到受施者一副低他一等的樣子，這樣他才能夠半帶著憐憫，半帶著輕視，把小小的恩惠扔到那伸向他的手中。

吃完午餐，我們混雜在有家可歸的和無家可歸的人群中離開了教堂。我緩緩地走在寒冷的大街上，心裡就產生了這些感想。因此，一回到家中便抓起筆，把看到的和想到的及時地記下來。

公私辨

是一個晚秋的晴日，我走在榆城一條僻靜的大街上。秋陽照得四周尚未落盡葉子的樹木各呈現出自己的顏色，或深或淺地點染在房屋和街道之間。我不由得放慢了匆忙的腳步，忽然想在外面多待一會兒，想找個高處多眺望一陣，好讓我終日都盯著文字的眼睛在秋色中多受到一點療養。這時我看到路邊的高坡上有一個公園，像我在新英格蘭見到的很多公園一樣，無牆無門，同時也空蕩蕩無人，只有草地綠到了每一個角落，孤立的高樹和修整的低叢各長在各的地方。我還注意到鑲在一塊大石頭上的銘文，上面刻有上一個世紀耶魯一位校友遺孀的名字，原來這一角闢作公園的土地就是她為紀念丈夫而捐出來的。眼前的情景忽然觸發了這幾年來的一連串印象，我想到我在這裡見到的很多建築物，從公共設施到教堂，直到各種名目的基金會，都來自私人的捐贈，因而到處都有以捐贈者的姓名命名的事物。由此我又想到了公和私的問題，進而想到應該就這兩字在中美兩種社會的不同含義作一點隨想性的辨析。

我想我們可以先從捐贈說起。在一個崇尚捐贈的社會中，既保持著公私分明的界線，又存在著私與公相得益彰的關係。私有財產的神聖不可侵犯乃是一切的基礎，法律保障它，人身的自由和個人的尊嚴依賴它，公共的花費也來源於它。公就是公共，公共的領域由每一個成員構成，人人都把納稅視為自己基本的責任。稅收雖在形式上是來自政府的索取，但它不等於單方面的抽調，它在一定的程度上含有捐獻的性質。納稅的實施使每一個納稅人意識到，公共的事業中有他的一份，他所享受的社會福利本由他和其他納稅人共同所締造，而非來自某個「公家」的恩賜。納稅人既然納了稅，他們就有資格和權利對公共事業的運作發言，公共領域不是外在於個人的東西，它包括每一個社區成員在內。他們沒有中國人腦子裡「公家」的概念，這個公家在中國曾經是皇家、官家，而現在則是國家、政府，或者一切國有的單位。可以說「公共」與「公家」的區別，正是「公」這一字在中美兩種社會中含義上的本質區別。

中國從前的皇帝是家天下，而地方官是子黎民的，私有財產雖然合法，卻很難受到法律的嚴格保護。皇帝可以隨意賞賜給他的臣民任何財物，官府可以以處罰的名義沒收任何私人的家產。所謂破家的縣令，就是說只要地方官存心害你，便足以把你弄得傾家蕩產。私人不但處於仰賴公家的地位，而且私人的領域總是受到懷疑和監視。古人對公字的界定曰「背私為公」，可見它在語義和構型上與私的對立。翻開詞典，不難看出由私字組成的詞條多含貶意，而由公字組成的詞條多含褒義。私被排斥到陰暗的角落，「私自」做什麼，那意味著一個人的行動背離了組織或有關的人，「私通」指與敵人勾結或婚外通姦，有了「私心」便是雜念，一個家庭成員有自己的積蓄則被稱為「私房錢」，秘密和非法於是成了私字的含義之一，而舉凡屬於私人的領域，基本上都作為私欲受到了壓抑。在先秦時代，「私人」乃是卿大夫的家臣，是一種依附性的身份，處於這樣的身份，任何私自的活動自然都被視為對主子的背叛。所以在古代中國的公私對立首先是主奴的對立，主子的價值代表了公，人身依附者任何私圖獨立的活動都是圖謀不軌。私從一開始就根子不正，當私人領域被逼到了不許光明正大地發展的地步，私欲和私下的消極面就畸形地滋生起來了。概念的界定就是如此的重要，當你只強調一個事物的消極面，並用壅蔽的方法堵截它的時候，它被誣陷的性質反而會惡性地膨脹起來。長期以來，這個最禁忌私字的社會竟然充斥了營私舞弊，以公的名義行事的有權有勢者不但很少發揚光大公的好處，反而假公濟私，壟斷了一切社會利益。社會整個地迴避和清除私字，但人們似乎又不得不去謀私，奉公的禮教和唯私的實踐反諷地構成了中國社會的雙軌制。私儘管被認為是萬惡之源，但就是在私的毒瘤上，謀私者咂盡了肥私的乳汁。

於是，無權無勢又無恆產的人們想通過消滅私有制來確立社會公平，他們以為建立了公有制就可以根除一切社會弊病。他們採取了平整土地的方法，即剷取高處的土來填平低處的地。這種通過剝奪富人來消滅貧窮的革命現在已被證明無效，所以中國人在飽受了五六十年代平均主義的苦難之後，到了八十年代才想起走回頭路，才不得不鼓勵一部分人先富起來。為富於是才不再有罪。我們以前只知道批評資本主義的罪惡，其不知正是在當今發達的資本主義國家，由於推行了按收入多少來定納稅率的措施，政府已經迫使富有者為了減免納稅而大量地捐贈。羅德島州紐波特的那一群供遊客參觀的豪華別墅從前都是私人的，他們的後代之所以把祖上傳下來的甲第都捐給公共，納不起高額的房地產稅顯然是一個很主要的原因。美國的捐贈與中國的沒收或抄家正好形成了明顯的對比：前者保障私人的權益，鼓勵他們的社會公德心，因而形成了一個促使富有者不斷把個人的積累轉換成公共積累的報償性機制。政府退居在無為而治的地位上，具體的運籌財務主要是大大小小財團和基金會自己的事情。在公家控制私人，而私人又挖公家牆腳的中國社會中，財富在公私間的流動處於一種倒來倒去的惡性循環之中。貪官或官倒之類的以權謀私者都是在把公有的財富轉換成私有的過程中富起來的，然後有一些倒霉鬼碰上了茬口，他們的財產經過查抄，又轉到公家的名下。這種機制簡直是一個自己吃自己的血肉，又用來養自己身體的怪物，其結果是私人與公家都受到損害，政府和民間均缺乏積累。

有人告訴我，從前美國的貧富懸殊也很大，只是隨著這幾十年來中產階級的不斷擴大，貧富的對立和差距才逐漸縮小，社會福利才慢慢往有利於窮人的方向改革。現在看來，我們所期待的社會主義優越性反而是在資本主義土壤的自我調節中萌生出來了。相反，所謂的社會主義革命，即用暴力手段拉低富人的水平，讓大家都在窮日子的起點上建立分配的公平，其實是窮光蛋愚蠢的做法。人們起初以為吃上了大鍋飯就解決了吃飯問題，後來他們才看到，大家都寄生於大鍋飯的同時，個人的自主權也被剝奪殆盡。說到了這裡，我看中國的「單位」也可以同美國的“community”（社區或共同體）作一對比。後者是一群自主的「私」自行組合成的「公」，它是鄰里交往，是朋友和同事圈子，是宗教團體，總之，是各種共同的興趣、利益和信念的共享。正是在這種尊重個人私人權利的鬆散結合中，社會自己形成了像無數個圓相交相切的公共領域。個人的價值受到絕對的保護，一個人的隱私不但不容他人侵犯，你自己若無原則地暴露你的隱私，也會被視為缺乏自尊或無禮於他人的行動。社交的意思是到公共領域去扮演適合你的角色，不是去拉攏關係。私人生活則是你滋養你自己的領地，只要你在其中沒有違法，任何人也無權闖進來過問。我們的「單位」則是一個管人的機構，它既慷慨包管你的吃住，也嚴格管理你的言行，往往嚴格到把你管制起來的地步。單位不管是機關還是工廠或學校，不管是大是小，都是一個權力機構，都有控制、審問和處罰其成員的權力，如果黨委認為你有什麼嚴重的問題，在單位的範圍內就可以把你隔離起來。所以在公家的單位工作就不僅僅是一個就業的問題，你同時也等於把自己的人身自由一併交給單位管理了。位居單位領導的幹部就是管你的人，對於單位的其他成員，他有干預一切的權力。他和他的領導圈子代表了公，而其他人則是私，公對私的監視使兩者的關係基本上處於敵對的狀態。所以，只要碰到形勢允許群眾批評領導的時候，總是群情激憤，總是激發出一股子必欲把領導揪出來打倒的傾向。而形勢一變，領導又反過來整群眾。單位的建立本來也許是公家為了包攬私人的生活問題，但由於包攬的太多，最終不但壓制了私人的領域，也取消了公共的領域。單位使整個的社會陷於板結，直到經濟凋敝到國家已無法養活單位的時候，政府才被迫推行起經濟上的改革。現在公的架子還搭在那裡，還不會立刻坍塌，私已在暗中偷梁換柱，忙於中飽私囊了。在公私混亂之際，社會財富的重新分配就這樣開始了。

不管這一變革多麼痛苦，泛起了多少沉渣，批死了的東西又多麼滑稽地批得活了過來，公家的逐步瓦解畢竟是一件好事。在中國，公家自古以來都是一塊磐石，它的存在壓住了公和私向健康一面成長的可能。可以預見，隨著公家勢力的萎縮，公共領域和私人領域必將在中國逐步成長起來，公私的關係也將從互相掣附轉向互動和互利。

蓋章與簽名

小時候看戲，有一個很深的印象，就是那些戴烏紗帽的官員坐上大堂的時候，總要在桌子上置一用黃緞子包起來的大印。那就是他們的官印，用今天的話說，即所謂公章是也。官印是官員的權力象徵，是官員身份的證明，官員像匆匆過客一樣在官府裡換來換去，官印卻長存在衙門內。常常在一個官員要離任或被革職的時候，一個戲劇化的動作便是交出那個像升一樣大的官印來。而一個官員若丟了官印，他就會被指責玩忽職守，甚至有丟官的危險。本來是由人掌握在手中的東西，如今卻成了人行使職權的依據，官員似乎反而要附屬於官印了。上自皇帝的傳國玉璽，下至小縣令的官印，長期以來，在權力的等級體系中已經形成了中國特有的印章文化。

毫無疑問，這一古代的癖性和現代中國的公章氾濫顯然有其內在的聯繫。在中國辦事情，要提供任何擔保或信用的書面形式，都離不開加蓋公章的單位介紹信，沒有公章的公文等於一紙空文。公章專制的一個基本出發點就是不信任任何非官方的個人，每一個出現在辦事機構的窗口之前來辦事的普通人，在辦事人員的眼睛中首先都是很可疑的。要求你提供加蓋公章的介紹信，就是只認可有單位有組織的成員，沒有歸屬的個人很可能就是有問題的人，應被視為社會遊魂，是必須盤問審查的對象，甚至就是潛在的敵人。在普天下的關卡都要你出示組織介紹信的國度裡，你做什麼事情都必須給組織打招呼，都得得到組織的同意，作為通行證的介紹信在給你方便的同時也監控了你。就接受介紹信的那一方而言，上面的公章似乎成了一種抵押，反正蓋了紅彤彤的圓章子，出了問題自然有他們負責。

然而，章子畢竟掌握在人的手中，公章的絕對權威性正好使管章子的人得到了難以想像的權力，很多假公濟私的事情，甚至是非法的事情，竟都在蓋了章之後蒙混過關了。只要是一個機構，不管它多麼小，一旦成立起來，首要大事之一就是刻一個公章，否則就沒法子同外界打交道。而社會也普遍吃這一套，蓋了公章總是好辦事。於是僞造的公章加介紹信滿天飛，以致在今天出賣證明已成了一種行業。嗚呼，為之公章以制之，則並與公章而竊之。

更為奇怪的是，蓋章的信用性也從單位的領域蔓延到私人。記得我最早的一個章子就是為領工資而刻的。我常常不解地想，為什麼不相信簽名而非得蓋章不可呢？是怕別人冒領我的錢吧？難道別人不可以也刻上一個我的私章嗎？然而，規矩已經形成，人們也習慣了它的僵硬，遂不復理會其荒謬。不但在大陸，而且在臺灣，你有時就會碰到非要你在某文件或收據上蓋章的事情。他們不願意相信你親筆寫下的姓名，卻寧可相信一種使姓名定了型的模式，正如那個買履的鄭人，他完全忘了自己有腳可以試鞋，只知道使用那段量尺碼的繩子。

只是住到美國以後，我才遠離了章子的陰影。在這裡的任何辦事機構都很少看到所謂公章，各種表格最後必有讓你簽字的一欄。你自己就可以證明自己，從社會的信念上說，每一個人都是有信用的，讓你簽字就是讓你留下一個為自己的信用做擔保的證明。如果你弄虛作假，後果就由你負責了。自從我在一所大學教書以來，我多次接到以為會有章子的文件、通知和信函，最後看到的總是簽名。我也從未看到有所謂以組織的名義給個人寫出的鑒定，不管是升學或是求職，都需要有人寫信推薦你，而推薦者也首先被認為是誠實和公正的。因為他或她必須在自己所寫的推薦信上簽名，這意味著要為自己所說的一切負責；溢美之詞會使自己失去信用，而誣陷之詞還會有被控告的危險。現在，社會把信用給予了個人，個人自然會謹慎地對待自己所說的每一句話。幾乎沒有什麼空白需要填補上用來增強可信度的紅色圖章，因而也就不存在那種只認章子不認人的荒誕現象了。

白髮的美學

中國的古代文人似乎普遍都對白髮有一種詩意的恐懼，自從潘岳和稽含發現頭上早生華髮而著文自悲以後，對白髮的哀嘆一直都是敏感而衰弱的詩人面對鏡子的習慣反應。白髮於是成了衰悴的標誌，愁苦的化身，以及事業功名不就，在仕途上敗退下來的標準倒楣相。有人悲嘆白髮不能像絲那樣一染就黑，有人則寫他怎樣用鑷子徒然地拔去難以除盡的白髮。總之，白髮的出現被視為詩人生命中一個危機的信號，大量的詩文讓我們覺得，白髮的增多已經成了一個人的形象開始變得不如昔日的重要因素。

不知是此類詩文影響了今日的讀者，還是這樣的恐懼有其心理的遺傳，我覺得我周圍的同胞對白髮的敏感似乎更甚於古人。大約是十年以前，我也從鏡中發現了自己頭上的這一變化。起先只是在早上梳頭的時候儘量用壓倒多數的黑髮把那一星半點像掛了薄霜的部分掩蓋起來，後來慢慢地變得蓋不勝蓋，也就只有任其在人前暴露出來。使我覺得難堪的是，身邊的熟人不知何以對我頭上的這一變化表現得如此關切，記得在一個時期內，很多人與我見了面的第一個反應就是驚嘆我白髮的增多。特別是不經常見面的親友，幾乎全都在一見面便向我指出他們一眼就看出來的變化，有一年春節期間，來自親友的這一反應已經使我在心理上感到了某種奇怪的壓力。我頭上日益增多的白髮彷彿不只是我自己的事情，而成了影響他人觀感的問題，好像一個人還沒到長白頭髮的年齡而竟長了，又任其公然暴露在眾目睽睽之下，就顯得有了什麼不對勁的地方似的。每一次理髮，理髮師都要建議我染髮，在一個幾乎是「歧視」白髮的總氛圍中，我也用起了染髮劑之類的東西。

幸賴技術的進步，現代人不必再在詩文中宣泄對白髮的詩意恐懼了。現在，我們可以用化學的妙用撫慰傷老的驚魂，好給自己或別人製造出一點青春的幻覺。然而化學的能力畢竟有限，像從前的蓋不勝蓋，我接著又發現了染不勝染：每一天新生的頭髮都從根部頑固地冒出其本身的白色來，而染黑的部分時間久了還會變得發黃，弄得人一頭的雜毛。「可憐身是眼中人」，每當在街頭看到很多染髮者頭上掩蓋不住的滑稽相時，我就想到了自己的徒勞。於是索性放棄種種人為的做法，一任那變白的趨勢自然發展下去。

而此時我也來到了美國。這是一個不同顏色的頭髮令人眼花繚亂的國度，也是一個忌諱說老，不興隨便給他人提某些建議的地方。我不再聽到從前那樣的驚嘆或勸告，我就讓自己拋頭露面混跡於各色人等之中，從此，頭上曾敏感的部分逐漸失去了被人另眼看待的感覺。有一天，我們系的秘書Sharon對我夾雜著灰白的頭髮表示了特別的贊賞，開始我只當那是美國人通常向別人表示好意的習慣說法而已，交談之後，我才發覺，他們對白髮並沒有我們看得那麼嚴重。也許是我們的黑髮與白髮容易形成明顯的對比，而相比之下，白人的淺色頭髮變白了就不那麼顯眼，我想這恐怕不能說不是一個原因。但不管怎麼說，我還是覺得，這兒並不一味崇尚年輕、光潔和經過了翻新處理的外表，他們甚至更喜歡凝重的陳舊，依然有活力的蒼老，乃至顯得很粗糙的質樸。生命每一階段所呈現的特徵都有它值得欣賞之處，並沒有什麼規則要求我們只墨守一種美的標準，最現實的做法還是，儘量就各自所處的狀態樹立相應的美學。Sharon覺得，一個體格健壯的中年男子頭上雜生一些半灰半白的頭髮，反而有一種經過了打磨的剛健和不在乎修飾的酷勁。其實在美國電影中有不少令人傾心的情侶都是中年以上的男女，從人物形象的塑造來說，他們特有的成熟、熱烈和頑強，似乎正是從那不再柔潤的頭髮，有過經歷的皺紋，以及皮肉已有點鬆弛的身體顯示出來的。生命在趨於成熟之刻，也就是顯現出轉向衰頹的跡象之時，應該讓我們的蒼老像霜葉那樣如燒似醉地顯現出來。

美與不美，本無分於老少新舊，讓人感到敗壞趣味的只是像油漆舊家具那樣的翻新活。

白髮染黑的心理還是可以理解的，「君不見高堂明鏡悲白髮，朝如青絲暮成雪」，留戀青春的容貌畢竟有其值得同情的地方。危險的是，在商業繁榮的浮躁鼓動下，俗艷的趨新在建築景觀上已造成了惡俗的破壞。最讓人不能容忍的，就要數某些古蹟維修的工程，維修的結果幾乎是用拙劣的翻新包裝了之所以稱為古蹟的舊貌。在中國的大地上，很多熱中「油漆」的匠人們一點也不懂得殘缺頹廢之美，他們貧乏的想像力無法欣賞「西風殘照，漢家陵闕」那樣的蒼茫氣象。他們打算重建圓明園，也許還想重修萬里長城，因為他們更想招徠消費，想發展玩樂性質的旅遊，想拿翻新的文化遺產賺大錢。然而，雅典人依然維持其衛城上神廟的破敗面貌，羅馬人也沒有修補大圓型競技場的斷壁殘垣，他們肯定知道，很多已經陳舊或破損的事物都需以其既有的面貌顯示本色的美。塗改不但是徒勞的，而且是很滑稽的。

閒話聚會

香港的某些英語漢譯詞彙往往讓人感到十分費解，搞那樣生僻的措詞似乎是為了做到音義兼顧，結果卻弄得不中不西，完全成了廣東話裡的特殊用語。比如像「派對」(Party)一詞，不但讀起來不太順口，一般的讀者也很難從字面上悟出它確切的意思來。我覺得，還是按通行的譯法，就叫做「聚會」好了。只不過是說大家聚集在一起會會面罷了，到底是誰給誰派對兒呢？

不過，美國人辦的聚會畢竟與我們所想像的很不相同，一個初到美國的中國人若應邀參加他們的聚會，我勸你最好別把它太當成一回事，別以為像在中國去赴宴那樣，會受到多麼盛情的款待。你也許該先吃點什麼墊墊肚子，免得在此類聚會結束之後，竟帶著某種並沒吃飽的感覺回到家裡。吃喝之於此類聚會，在很大的程度上只是點綴，而非中心，是藉以把相關的人召集在一起的一種形式而已，無論是或紅或綠的冷肉和生菜，還是數量並不太多的點心，其用意恐怕也多為賞心悅目，而非專門要把你的肚子填飽。在一個吃喝向來都不算什麼嚴重問題的國度，人們大概很難想像另一個重視吃喝的文化在飲食禮節上的講究。自然，你自己若懷有過熱的預期，一旦碰上了此類並不對等的接待，恐怕就難免要產生受到冷遇的感覺了。

聚會上的招待不同於我們所習慣的請客吃飯，大廳裡似乎並無足夠的椅子能讓太多的客人圍桌而坐，也沒有不斷端上來的菜肴供來客一道道共同品嚐。因此也不會有熱心的主人為你夾菜或向你勸酒，不可能產生那種好像把來客箍在一起的筵席間的熱鬧。現在你處處都得自助，端起盤子去挑你想吃的東西，拿上杯子倒你愛喝的飲料，如果你太客氣，不好意思多吃，或只抿上幾口杯中之物，那完全是你自己的事情。沒有人注意你在飲食上的節制，也沒有人認為這有什麼不合適之處。這裡的很多人如今天天都擔心自己發胖，誰也不會盲目熱心到迫使別人多吃或多喝的程度。主人不可能因為你是一個生客而對你特別照顧，大概在每一個客人剛走進門之後，主人只特意招呼一下便忙自己的事情去了。你要是不想自甘寂寞，那就得頻頻穿行於來客之間，去找可以與之攀談的對象。大家都圍在一邊，始終林立於桌椅之間邊吃邊談，即使是上了年紀的人，也都不失風度地從頭挺到尾，很少有誰找個角落坐下來，獨自待在一邊專心地吃喝。如果你不想久留，完全可以應酬一下便匆匆離去，絕不會如坐席那樣，一個人的突然離去常影響得大家都暫時停下了筷子。通常聚會上的飲食都是由主人準備的，但有時主人只準備一部分，更多的則是由與會者自帶，在聚會之前大家已經說好，各自攜來不同的東西，好像特意湊到一起，來互相交換各家的飯菜。但不管怎麼說，吃絕不是聚會的主要目的，與會者也不會在乎吃喝得怎麼樣，大家進入這個由飲食布置的空間，就是為了聚集在一起，找到一個見面、談話和交朋友的機會，吃喝只是其間的陪襯，助興而已。它可能讓你覺得缺少請客吃飯特有的人情味，但卻沒有那種過分熱情的款待給人造成的拘束，你可以一切隨意，自討方便，在沒有人招呼你的情況下，你也不必太多地考慮如何對別人做出反應。等到缺乏興趣的紛紛離去，而還有談興的人都有了談得投機的對象時，聚會的場合便由起初的頗為冷清慢慢地升起溫來，但很少熱烈到吵鬧的地步。好像跳交際舞似的，大家各搭配各的，三三兩兩地組合起來，在開始變得嘈雜的人群中，每一組交談者都保持了相對獨立的私人對話。

與國內那種好朋友們聚在一塊兒神聊亂侃的氛圍相比，聚會中的接觸顯然讓人覺得不太過癮。你隱隱感到了某種稀薄的絕緣層彌漫於其間，它把那些和悅的面容，友好的姿態，以及風趣的談吐，全都隔在了禮貌的距離之外。我們所習慣的熱鬧大多發生在彼此都不介意過分接近的人群中，但這裡的聚會基本上是社交性的，彷彿在舉行一群人團聚的儀式，與會者僅做出了走向對方的姿態，大家暫時沐浴一下這個場合的其樂融融，然後就各走各的路了。沒有那些你自己想像的沒完沒了的事情，從聚會上回來，你仍然像原來一樣孤單。時間長了，等你像吃慣了生菜或喝慣了飯館裡不分冬夏都照例端上來的冰水一樣習慣了周圍的一切，你的受到冷遇的過敏也就會慢慢消失，而從前在親友間經歷的熱鬧亦如孩子久已斷掉的奶，其可以回味的東西遂日漸淡薄。你在各種既定的距離中調準了自己的位置，從而進入日常生活的軌道，最終融入這個世界，變成了它冷清的基調的一部分。

墓園心祭

是一個冬日的周末，淒迷的冷雨漫天灑了下來，或掛上枝頭，或落入草叢，轉眼都結成了亮晶晶的冰花。人在天涯的我一時間忽然動起了歲暮的感懷，思量著便拿起電話四處聯絡，結果同幾個老遊伴一起約了高宗魯教授帶路，驅車前往哈德福城的香柏山墓園。哈城是康涅狄格州的首府，像美國很多州的首府一樣，如今已無復昔日的繁榮，與那些並非首府的大城市相比，它既沒什麼名氣，又顯得有些沒落。至於說到墓園，在到處都是空地的新英格蘭大地上可以說隨處皆有，不管是大城或小鎮，平日開車經過的時候，偶爾會在不同的角落看到這碧草和青石寂然相映的地方，它們以肅穆而幽靜的景觀點綴著熙攘的市塵，在亡魂棲居的聚落裡顯示出差可同人間的住宅區比擬的格局來。比如，在我居住的紐海文，城裡就有一塊公園一樣的墓地，我從那裡經過的時候，常會停下來注目那些雕刻得十分簡樸的墓碑，有時還喜歡在乾淨的石頭上坐下來，讓自己沉入周圍的寧靜。特別是在墓碑上連一個中國人的名字都看不到的時候，一種完完全全的陌生感竟然使我對安居在靜美中的死亡一點也不再覺得害怕。不過，這一回高教授要帶我們去的香柏山墓園卻有所不同，我們去那裡並非只為了遊玩，我們的主要興趣是要探訪一個中國人的墳墓，到那荒涼的墳頭緬懷這些年來由於高教授的辛勤搜集才日漸廣為人知的一段歷史。

我不太了解高教授的經歷，只知道他六十年代從臺灣來美國讀書，後來就在此地的一個社區學院教起了經濟。看起來他像是個胸中頗有幾分不平之氣的人物，大概是出於異國遊學的飄零之感，再加上久居康州的地利之便，多年以前，他就在教學之餘研究起了一個名叫容閎的廣東人在康州留學的經歷，以及他後來創辦的事業。今年適逢容閎出國赴美留學一百五十周年，高教授很想搞一些紀念活動，以引起外界的關注。今天帶上我們這些人去容閎的墓地尋幽，應可說是為這些活動拉開了小小的序幕。

中國最早的出國潮始於沿海地區一些窮苦農民的外流，他們就是被賣到海外的「豬仔」，第一批到北美做苦力的華工。那時候出國通常為窮人走投無路時的一條出路，即使是出國留學，在最初也不是有辦法的人家願意讓自家子弟選擇的事情。直到十九世紀中葉，所謂的西學或洋文對熱中科舉考試的讀書人還沒有什麼吸引力。在那些最初都是由基督教會創辦的洋學堂裡，能招進去的學生大都出身於窮苦人家。因為教會首先是面向窮人的，他們辦學為的是傳教和救濟，願意把孩子交給洋鬼子教育的父母不過想圖些實際的利益，指望孩子在那裡學點洋文，將來好到洋行裡混個差事幹幹而已，並沒有人存心要學習西方的先進知識來改進中國的落後狀況。當年大概就是在這樣的背景下，出生在今日珠海南屏鎮的容閎從小就被家人送到澳門的一所教會學校讀書。在那時候的鄉下人眼中，容閎及其同學的父母恐怕是幹了一件未必令人羨慕的事情，他們之所以能讓自己的孩子去上瑪禮遜男校，主要是因為可以從校方手裡拿到一些津貼。正如容閎在他的自傳《西學東漸記》中所說，那是「既惠我身，又及家族」的選擇。就這樣，他從七歲便開始學習英文，二十歲那年隨返回美國的布朗牧師離開了家鄉。窮家子弟對故土的依戀通常也要淡薄一些，一個人到了沒有任何東西可以依靠的地步，反而可以輕鬆地走向遠方。一八四七年四月十二日，容閎和另外兩個同學跟著布朗乘船到達紐約，七年之後，這位最早來美留學的中國學生從耶魯大學畢業，獲得了文學學士學位。

如果說容閎之入讀教會學校及赴美留學是命運的偶然安排，那麼他來美以後的諸多選擇則應歸於他個人的努力了。應該指出，在早期的中西文化交流中，教會的確起過很多積極的作用，雖說他們所做的文化傳播工作基本上是出於傳教的目的，但他們對一些中國老百姓的善意幫忙以及對在華創辦教育事業的貢獻，畢竟有很多值得肯定之處。不過中國的讀書人似乎普遍缺乏獻身上帝的熱情，特別在面對國弱民窮的悲慘現實時，他們多傾向於學了本事回去實現救國的弘願，而非投身拯救靈魂的工作。所以在美留學期間，容閎在經濟和感情上雖然自始至終都受到了教會人士的幫助，但他並沒有答應那些熱心人希望他為教會服務的要求，而是從一開始就立下了為中國的富強而努力的學習方向。正如他在自傳中所說：

予意以為予之一身既受此文明之教育，則當使後予之人亦享此同等之利益。以西方之學術灌輸於中國，使中國趨於文明富強之境。予後來之事業，蓋皆以此為標準，專心致志以為之。

正是胸懷這樣的大志，容閎從耶魯畢業後很快就回到中國，他幹過各種職業，也放棄過不少發財或高升的機會，在經過十年的尋覓和等待之後，他終於在丁日昌和曾國藩的支持和幫助下實現了多年來夢寐以求的計劃：選派留學生赴美學習西方先進技術和知識。在中國歷史上，像這樣的官派出國留學之舉還是第一次，因為中國向來都是接受四夷留學生的國家，歷代王朝總以文化的中心自居，正如黃遵憲在一首感歎留學生罷歸並抒發懷舊之情的五言古詩中所言，直到康乾盛世，中華帝國還享有「百蠻環泮池」的榮耀。但黃遵憲自己也承認，自從鴉片戰爭以後情況發生了很大的變化，一些明達之士已認識到「欲為樹人計，所當師四夷」的選擇了。容閎的方案是：每年選派三十個十來歲的幼童到美國留學，以十五年為期限，一切費用由政府供給，學成之後必須回國為朝廷服務。

挑選幼童當然既要資質優異，又須家庭良好，但那個時候人們都把出洋視為冒險的事情，幾乎沒有富貴人家願送子弟去「蠻夷之地」，因而在實施容閎的計劃之初，竟湊不夠首批三十名幼童的名額。後來只好以廣東沿海地區為主，從貧寒家庭選了大量的學生，黃遵憲也在他的詩中指出，「唯有小家子，重利輕別離，紇乾山頭雀，短喙日啼饑，但圖飛去樂，不復問所之」。一八七二年，首批留學生三十人從上海出發，乘船赴美，此後三年，每年一批，至第四年，共派出了一百二十名留學生。清政府為此專門成立了留學生管理局，並委任守舊派官僚陳蘭彬與容閎共同負責留學生事務。管理局就設立在哈德福城內一座由清政府耗資差不多五萬美元修建的大樓中，即黃遵憲詩中所謂「廣廈百數間，高懸黃龍旗」者是也。高教授告訴我們，這座華麗的建築一直矗立在哈城的柯林斯街上，直到六十年代附近的一家醫院擴建時才被拆掉。

當時清政府在美尚未設立正式的外交機構，從美國官方的立場看，接受中國的留學生當然是符合美國自身的利益的。正如美國駐華公使在中國留學生赴美前夕寫給國務卿的報告中所說：「如果我們的人民能夠給予（中國留學生）慷慨及友善的接待，則我們在中國的利益將有更大的實惠，遠比增派我們的軍艦來此為佳。」顯然，每一個接受中國留學生的西方國家都會把他們視為可以施加影響的力量。而相應地說，以「師夷之長技以制夷」為目的的清政府，不可避免地從一開始就擔心年幼的留學生會習於所染，在日漸洋化之後作出違背朝廷利益的行為，因而從一開始就採取了種種防範措施。管理局規定，學生在暑假期間必須從各校回到柯林斯街上那座大樓裡集訓六個星期，彷彿要利用這一段整修的時間來清除精神污染。學生們得努力學習中文功課，要熟讀英漢對照的四書讀本，還得經常去管理局聆聽宣講所謂「聖諭廣訓」的清帝語錄，在重要的節慶日由主管官員率領望著北京方向行禮，以熟習儀節，昭明誠敬。可以說，所有的官費生從入選之日起便被納入了體制，被當做官家的人對待了。他們從此即步入做官的道路，而同時也套上了官方的枷鎖。這是一群十幾歲的孩子，正當活蹦亂跳的時候，如今卻全都穿上了官方配給的長袍馬褂和厚底布靴，被僵硬地包裝起來，以致在初到之際被康州的居民和他們的同學當成奇怪而可笑的人物。他們不斷地被告知身受朝廷恩惠，因此也被要求接受嚴格的管束。容閎希望留學生得到的良好教育，首先是信仰、人格和情操的陶冶，其次才是技能的訓練。與容閎的宗旨不同，官方所要的只是有用的人才，也就是能「師夷之長技以制夷」的各類管理人員。他們的教育方針是實用的和功利的，是同西方的通才教育(liberal arts)相左的，因此他們不准學生選修音樂、英美文學之類被視為無益的課程。總之，所有防範措施都同學生們在美的實際成長發生衝突，也在主管陳蘭彬和副職容閎之間引起了摩擦。容閎在他的自傳中曾提到他的兩大願望，其一為以上所說的教育計劃，其二為娶美國婦人為妻。在促成中國留學生來美之後，他果然同哈城的克洛(Louise Kellogg)小姐結了婚，用李陵的話來說，這簡直就是「令先君之嗣更成戎狄之族」的罪過，自然招致了更多的攻擊。

為了讓孩子們盡快掌握英語，熟悉美國的習俗，容閎採納了當時耶魯大學校長波特(Noah Porter)的建議，把他們按兩三個人一組分送到哈城一帶普通居民的家中，一切膳宿費用均由管理局支付。那些信奉基督教的家庭都對中國學生付出了盡可能有的關懷和慈愛，而孩子們也很快擺脫了生疏，他們脫下了累贅的長袍馬褂，開始活躍在運動場上，而且以他們的聰明、知禮和機靈得到了當地居民的讚許。特別是巴特拉(Bartlett)和諾索布(Northrop)一家，他們都同寄宿在自己家中的學生相處得非常友好，直到後來清政府撤回全部留學生，像黃開甲、詹天佑等人還同他們長期保持通信關係。高教授從他們的後代手中收集到不少這類信件，他把所有的信件都翻譯加註，並編為《中國留美幼童書信集》在臺灣出版，書中的文字為我們了解留學生在美和歸國後的生活情況提供了生動的資料。

退切爾牧師(Rev. Joseph H. Twichell)也是曾給予留學生多方面幫助的一個康州居民。他畢業於耶魯大學神學院，從一八六五年開始主持哈城的避難山教堂，在這座用康州特有的紅褐色石頭建成的大教堂裡，至今還懸掛著他的巨幅肖像。我之所以在此特別提起斯人，是因為他自始至終都是容閎教育計劃的積極支持者。一八七八年，他在耶魯法學院發表演講，向聽眾熱情讚揚了初來的中國留學生和容閎為之獻身的事業，他還特別強調了容閎的愛國精神。他就是容閎當年在耶魯留學期間接濟過容閎，並要求其服務教會的人士之一，作為牧師，他對容閎的拒絕不但沒有表示反感，反而非常敬重他一心要為祖國做事的遠大抱負。在談到正在實施的教育計劃時，他向聽眾指出，中國留學生將要「攻讀各種專門課程，如物理、機械、軍事、政治和經濟、國際法、民政原理以及一切對現代行政有用的知識，經過這一番教育過程，要使這些學生牢記：他們屬於他們的祖國，而且必須屬於他們的祖國，他們是為了祖國，才被選拔來享受這種稀世殊遇的」。退切爾懷著殷切的期待說：「如果一切順利，計劃實現（眼下顯然沒有什麼障礙），一八八七年前後就會有百十來人回到中國。……他們會以更自覺的愛國責任心來激勵自己的工作。」可惜就在退切爾演講的當年，新任主管吳子登到任，他一上任就對容閎縱容留學生洋化極為不滿，並不斷向北京當局秘密告狀，特別就個別學生參加基督教活動大肆渲染，最終導致了朝廷全部撤回留學生的決議。對於吳子登的專橫乖戾，黃遵憲的長詩中有一段極富戲劇性的描寫：

新來吳督監，其僚喜官威，謂此泛駕馬，銜勒乃能騎。徵集諸生來，不拜即鞭笞，弱者呼謈痛，強者反唇稽。汝輩狼野心，不如鼠有皮。誰甘畜生罵，公然老拳揮。監督憤上書，溢以加罪辭，諸生盡佻達，所業徒荒嬉，學成供蠻奴，否則仍漢痴，國家糜金錢，養此將何為？

在各方面的保守勢力都疾呼盡快撤回留學生之日，退切爾為挽救局勢作了很多努力。他聯絡多名大教育家和耶魯大學校長聯名投書當時負責外務的總理衙門，他們極力讚許學生們已經取得的成就，告誡最高當局毋聽信攻訐不實之詞，同時他們還質問曰：「況貴政府當日派學生來美時，原期其得受美國教育，豈欲其緣木求魚，至美國以習中學？」清政府的決定簡直成了對其已實施近十年的教育計劃的諷刺。一個不打算從體制上自新的政府即使為了倖存而作出改革的努力，到頭來它還是會親手摧毀努力的成果。據退切爾牧師的日記所記，他還通過他在哈城的好友大文豪馬克・吐溫托格蘭特將軍出面勸阻，但亦未能挽狂瀾於既倒。再加上種種其他的不利因素，全體留學生遂於一八八一年奉命撤回。該年七月二十三日的《紐約時報》就此事件發表評論，批評清政府倒退的政策說：

對那些讚揚中國已經同不少國家一樣走上了改革之路的人士來說，這個事件是個無情的反證。中國不可能只想學習我們的科技及工業物質文明而不思帶回「政治抗爭的基因」，照這樣下去，中國將一無所得。

與當初赴美時的情形大不相同，現在留學生從「候補官員」變成了類似於預審犯的人物，朝廷因為怕他們不願回國而中途逃脫，故一路上都對他們嚴加看管。黃開甲在致巴特拉夫人的信中對他們備受本國政府苛待的遭遇作了氣憤而幽默的描寫。他告訴巴特拉夫人，船到上海以後，並沒有人來歡迎他們，相反，他們被帶到海關道臺衙門關押起來，住在陰暗的房間裡，專等去拜見道臺老爺。他們被士兵押到衙門，向道臺磕頭，聽他的訓話，然後由官員任意給他們分配工作，根本不顧及他們個人的興趣和專長。他們月薪僅有五兩到十兩銀子，與道臺老爺一萬到一萬五千兩的正式薪俸簡直是天地之差。儘管如此，這百十個留學生還是在科技落後的清末民初作出了一定的成績。他們當中加入海軍的不少人，都在中法和中日戰爭中英勇殉難，而在主持工程技術的人員中也出了像詹天佑那樣傑出的人才。

珍珠港事變爆發前夕，曾執教於耶魯的拉法格(Thomas Lafargue)博士遍覽中英文資料，並數度赴中國親訪當年留學生的健在者，以中國走向現代化的軌跡為背景，穿插上容閎及其他留學生的坎坷經歷，寫成了一本題為*China's First Hundred*的專著，高教授已把此書譯成中文《中國幼童留美史》在臺灣出版，本文所述事實大都來自該書。拉法格在該書結尾慨歎說，這些歸國的留學生一直「處在兩種對抗力量的夾縫中。在清朝，他們是介於洋人及中國官吏之間，而到共和後，他們是在激進的民黨及有心稱帝的袁世凱集團之間，他們兩方面均不同意，結果在曇花一現後，均由政治舞臺消失」。容閎本人則在多次圖變失敗之後失望地退居哈城家中，於一九一二年中華民國剛剛成立之日病逝，被埋在其妻克洛家族的墓地上。

他的方座圓頂的墓碑在眾碑中特別顯眼，不只較克洛家的其他墓碑高大，而且座下部還刻著一個中文的「容」字。高教授帶我們來到這裡的時候，雨雪還在下著，四周常青樹木上的冰花烘托起一片恍若天然靈堂的素白，既呈現了冬日的凜冽，又瀰漫著那暗綠蓄積的幽深。百年一晃過去了，容閎所開啟的西學東漸之路至今已經有了全新的拓展，他的曾經是孤立的幽魂應該說再也不寂寞而清冷，因為北美世界正在成為越來越多的華人在海外求發展的領土，現在已經有不少更為中國式的墓碑矗立在這所墓園的其他角落了。我想，還會有更多刻上中文姓名的墓碑填補別的空地的。一陣寒風凜然吹來，在這個異域墓園裡發生的小小變化中，我依稀看出了容閎的後繼者在異鄉開闢出來的家園的輪廓。

神聖的避難

看過電影「巴黎聖母院」的人大概都難忘那觸目驚心的一幕：當吉普賽女郎被綁在廣場上處死的時候，鐘樓怪人夸西摩多忽然從天而降，他從刑場上把她搶走，一轉身跑入了聖母院大教堂。像在講臺上公布宣言一樣，他抱持著女郎，反覆向教堂外的人群大聲呼喊：「避難！避難！」面對這一突如其來的舉動，從國王到士兵全都無可奈何，他們只得眼睜睜看著他劫了殺場，讓正待處死的吉普賽人藏入了神聖不可侵犯的教堂。這一幕情景可謂生動地體現了基督教語境中「避難」(sanctuary)一詞的含義。這裡所說的避難並不是指一般意義上的逃亡或藏匿，不是走向躲避戰亂的桃源，不是埋身隱名以抹掉追捕蹤跡的出家，它是一個越過界線的行動，是進入了世俗的權勢管不著的地方，是在上帝公開的蔭庇下給塵世的法網開了一個口子。

在中國這塊缺乏神性的土地上，自古以來都是按「普天之下莫非王土」的信條辦事的，帝王的權力高於一切，且壓倒一切，除了造反或軍事割據，沒有任何社會力量可以和平地保持其對抗朝廷和官府的姿態。因此，一個犯了法的人，即使他的案子情有可原，甚或純屬冤屈，他也只能寄希望於皇上或長官的開恩，否則就只有死路一條。你幾乎是無處可逃的，沒有任何一個代表正義的勢力可以公開地庇護你，法網就是天羅地網。東漢時期，有一個被通緝的黨錮人物連續地躲藏官府的追捕，他的很多親友都因為掩護他而遭到滿門犯抄的下場，他最後逃到了塞外才得以倖免。正如後來指責他的一個人所說，他的倖存簡直是用他的很多同情者的犧牲換來的。赦免只能來自那個有權懲罰的機構或個人，法律的懲處基本上只著眼於罪行的後果，而不太考慮犯罪的具體原因和過程。比如，「殺人者償命」的信條就成了一個不容置疑的結論，它完全否決了一個生命受到威脅的人有自衛和反抗的權利。

一神教的古代猶太則有著完全不同的傳統，由於猶太人信仰至高無上的上帝，神廟與神職人員遂保留了與王權對立的特殊地位。有一些特殊的罪犯，如那些並非蓄意殺人的罪犯，按規定就可以在犯事之後及時地躲入某些指定的神廟裡避難。因為在猶太文化的語境中，所謂正義，並不意味著對每一件罪行都一律施罰，一個正義的執法者更應該正視有可能減輕某人罪過的特殊情況。神廟是聖域，不是藏污納垢之地，它當然不會接受犯謀殺、偷竊等罪行的人，但它庇護值得同情的逃亡者，它的神聖性顯示在它始終保護弱者和不幸者的立場上，因而包括奴隸和欠了私人債務的人，全都在它庇護的範圍之內。執法者不准直接進入神廟抓人，逃亡者在其中躲過一定的期限，好像就可以平安地回到社會上了。我們無暇在此詳敘這一過程的種種規定，需要強調的只是，人世間一旦存在了神聖的庇護空間，國家的法網就不可能一手遮天，不得為所欲為地施虐於民眾了。

在中世紀的歐洲，基督教的教堂成為避難的聖域，通過維持這一古老的傳統，教會頑強地確立了它與世俗權力相對立的地位。我們同樣沒有必要在此涉及教會實施其庇護權過程中的具體是非問題，值得我們重視的只是這一對立立場的抽象意義。首先，由於教會具有得自超越的上帝的神聖性，因而使教堂這一獨特的地盤、教會這樣的團體以及其中的神職人員全都有了神聖性。在與世俗權力分庭抗禮以維護正義的問題上，這一神聖性具有承擔任何罪責的力量，它敢於染指麻煩的事務，根本不害怕因此而弄髒了自己的手。魯迅曾氣憤地慨歎「中國一向就少有失敗的英雄，少有韌性的反抗，少有敢撫哭叛徒的吊客」，之所以民氣如此之孱弱，之所以根本聽不到不同的聲音，就是因為從來不曾有一種神聖化了的力量做堅強的後盾，使個人或團體有恃無恐地挑戰王權、官府和綱常法紀之類的俗世權威。其次，賦予對抗力量以神聖性不只確立了權力的雙軌制，而且產生了二分的價值體系，即劃分了上帝和凱撒各行其道的原則，在對立中又有共享的對話，由教會與國家的對立導致了「罪犯」(criminal)

與「罪人」(sinner)的同時並存。前來尋求庇護的人既是國家的罪犯，也是教會的罪人。前一種情況只強調懲罰，後一種情況則突出了一種替有罪過的人向上帝乞求憐憫的權力。通過庇護它的罪人，教會把自己的勢力擴展到了凌駕於國家之上的程度。不管這種對立在當時有多少爭權奪利的成分，神聖的庇護權畢竟顯示了教會對個人處境的關注，正因為樹立了這樣一種同情和救濟罪人的立場，才可能在來自國家的懲罰中發現其迫害的一面和不公平的成分，而受迫害者的得救才有了可靠的指望。人權的概念於是從中萌芽。但是在中國，人們自古以來只知道畏懼罪名，不管是給一個人加上古典的不忠不孝等大逆不道的罪名，還是現代的「反革命」或「反動」之類的罪名，預製的帽子一旦戴在了你的頭上，就再沒有人敢於或願意替你說話了。正如一個清代的學者所說，「以理殺人，誰其憐之！」「理」成了一個黑色的太陽，它使一切迫害合理化，也使受害者養成了逆來順受的心理。沒有任何一個國粹的宗教正視這樣的黑暗，佛教把苦難說成是這個世界的本體性的東西，道教教人如何成仙，在我們的文化中根本缺乏到另一個真實的空間去尋求庇護的動力。因此反抗總是以造反的形式在這個沒有窗戶的鐵屋中惡性地循環，自由的新大陸都讓具有避難意識的基督徒捷足先登了。

最早移民到北美的清教徒就是為了逃避迫害而漂洋過海的。不管在新大陸的開發中有過多少掠奪和殘暴的事實，慷慨地接受避難則始終是這塊土地一個突出的本性。自由女神巨像前的銘文寫得很清楚：「你們古國的珍寶你們自己留著吧／我乞求你們送來的／只不過是些貧苦衰弱／無依落難的人罷了。」如今像中世紀那樣的教會避難已成為遙遠的過去，但避難的精神則在這塊本來就以其地理上的優勢提供了庇護的土地上得到了發揚光大。我們簡直無法統計，三、四百年來，由於北美的開發，多少人逃脫了他們本土的迫害、貧困和沒有出路，從地球的不同角落來到這裡尋求庇護和幸運。從二次大戰避難的猶太人到最近幾十年的各類難民，從鐵幕後的逃亡者到來自中美的偷渡者，美國政府或美國人民基本上都給予了慷慨的庇護。從某種程度上說，美國一直都是世界的公共避難所，沒有美國的存在，那些在不同的國度裡反抗專制和壓迫的鬥士就少了一條重要的後路。在所有的提供政治庇護的民主國家中，美國始終都是在態度上最少保留的一個。

說美國的態度最少保留，當然是比較而言的，其實在人滿為患的今日世界，沒有哪個國家的政府和國民會毫無限度地接受外來的難民，排斥和限制已經成了難民輸入國的基本國策。很多曾經是難民而後來資格變老了的美國人現在開始反對移民之潮了，只有教會中的人還堅持把自己的良心只對著上帝，敢於超越國家、社區和私人的實際利益，去行使神聖的庇護權。世界的公共避難所只是美國這塊土地的一個方面，在庇護難民的事務上，美國政府同時又別有其唯利是圖的一面。對於政治避難者，美國政府其實是有其並不光彩的雙重標準的。所謂的庇護自然具有很大的手段性質，比如對於來自共產專制國家的政治避難者，美國政府的態度就非常人道，而對待來自中美那些軍事獨裁國家的難民，處理的方針卻很無情。像薩爾瓦多和瓜提馬拉這樣的國家，其迫害人民的殘暴無道絕不亞於共產專制，但由於其政府既親美又反共，對於來自那一地區的難民，美國政府就採取了堵截、驅逐和遣返的嚴厲做法。他們被不加區分地稱作「經濟難民」，但他們一旦被遣送到本國政府的手中，就有受到殘殺的危險。正是在這一背景下，以亞利桑那州的土孫市(Tucson)教會為首，有七萬之多的美國人為了維護個人良心的神聖性而發動了一場避難運動。他們與中美的難民無親無故，他們也知道，讓這些難民大舉入境會給他們的既得利益造成負面的影響。但他們更知道，避難的神聖性高於一切，基督徒應該超越國家和個人的利益去救濟需要幫助的人，於是他們甘冒被起訴和坐牢的危險，組織了庇護偷渡難民的地下通道，使數百萬亡命的中美人進入美國，躲過了被遣返的命運。他們的行動感人地證明，教會只有作為庇護的團體與窮苦人堅定地站在一起，才能找到它的真正意義和目的。他們呼籲一種超越了國家、種族和政治經濟利益局限的兄妹情誼，即把那些中美的難民當作他們自己的親人看待，把難民所受的迫害當成自己親人所受的迫害，把那個兒子被殺的母親視為自己的母親，把那個被強暴的姑娘視為自己的妹妹，把那個遇害的青年視為自己的弟弟。他們的行動還證明，有關人權的政治主張如果沒有同宗教的人道立場結合在一起，它所謂的人權便有一定的虛假性。對比一下教會的避難運動，我們不難看出美國政府對外政策的偽善和背離人權原則的一面。

「金色冒險號」船民的遭遇則向我們提供了另一個事例，讓我們看到了美國移民政策在雙重標準上的另一表現，同時也再一次證明了避難精神在美國民間的深廣博大。這是一條滿載中國偷渡者的貨船，很難說清這些人冒險偷渡的特殊目的和具體原因。但不管怎麼說，僅從他們為了逃出家園而將生死置諸度外的行動來看，他們在自己的國家肯定都遭遇了使他們無法活下去的不幸，這一點已足以構成他們尋求避難的理由。至於他們在偷渡被捕後的全部遭遇，要怪恐怕也只能怪他們比當年移居北美的老資格船民來得太晚，除此以外，兩者的冒險行動並無什麼根本的不同。不幸他們碰在美國國內反移民潮的風頭上，於是被法庭的扯皮一再拖延下去，在監獄裡一直關了將近四年。由於很多複雜的原因，美國移民局對這些來自中國的偷渡者表現了比對加勒比地區的偷渡者嚴苛得多的態度，好像與鄰近的偷渡者相比，遠道而來的就更不能容忍似的，而對於來自中國的，其不能容忍似乎還特別加上了一層上一世紀移民政策中重點排華的偏見。但代表了教會精神的普通民眾則始終堅持他們的救援行動，為陷身囹圄的中國人做了很多連他們的同胞也做不到的善行。據鄭義的專題報導〈自由鳥〉一文所記，關在約克郡等地方監獄裡的船民之所以能部分地堅持到最後，能有信心爭取獲釋，而美國政府在拖了那麼久之後終於把居留權勉強給予了他們，確實是和「金色展望」行動的努力分不開的。這是一些只有在基督教避難精神感召下才能滋生出來的愛的行動，我忍不住要把鄭義列舉的感人事跡在下面摘抄一些：

六十三歲的唐娜女士每天清晨七時準時趕到監獄門口，為中國難民禱告十五分鐘……幾乎每一個難民都有一個固定聯繫的友愛的家庭，平日探監、教習英語，節日送花祝賀。許多人認領難民為義子……人們多次到華盛頓國會大廈前舉行抗議活動，要求釋放中國難民……律師助理丘奇把難民稱為「我的孩子」。三年多來，她為了準備辦案材料，出入監獄約一千五百次……計算機程序設計師克拉克先生蓋了新房，準備把舊房交給出獄的難民住……

「金色展望」行動的勝利是神聖的避難精神在美國的又一次勝利，它對美國政府的積極影響可以被理解為對美國立國精神的張揚。美國政府儘管有其實利的打算，但這個國家維護自由和正義的根本原則還是和上帝的慈愛有其一定的相通之處的，華盛頓總統早就向上帝祈禱：「讓這個國家提供更多更多安全慈悲的避難所給其他國家的那些不幸者們。」其實就不幸的程度而言，中美難民和「金色冒險號」船民之類的偷渡者才是最應該受到庇護的移民，遷徙和逃亡本無所謂合不合法，移民的合法與非法之分只不過取決於是否對移入國有利罷了。美國政府拒絕的偷渡者正是自由女神要接受的「貧苦、衰弱、無依和落難的人」，他們同那些著名的、有製造輿論價值的政治避難人士有著同樣神聖的避難權利，如果要讓基督徒選擇，那些既沒有什麼專業技能，又不會產生政治影響的窮苦農民肯定更夠避難的資格，因為他們是真正的無依無靠者，他們的出逃之路是全靠他們自己瞎闖出來的。或從中美徒步穿越熱帶密林，受到追捕，輾轉數國，才到達美國的邊境，再經過沙漠中的長途跋涉，到處躲藏，其間不知多少人在未找到庇護地之前已因疲累傷病而倒於途中。來自中國的船民則要穿越大半個地球，在海上漂流數月，拿自己的生命做尋找自由和幸運的賭注，而且還要受到偷渡集團的欺詐和盤剝。總之，他們付出的代價和他們尋求避難的勇氣，就是他們最應該得到庇護的理由。教會避難之所以神聖，就是因為庇護是它的唯一目的，它只庇護尋求避難的不幸者，其間根本不存在利害的問題。

可惜我們生存的世界仍然得受到利益的支配，被國家、民族、集團等既得利益的實體分割在重重的壁壘之下，像神聖的避難這樣基於人道立場的人權呼喚，只不過在壁壘間的僵硬摩擦中起一些潤滑作用而已。儘管如此，它畢竟在我們的世界太多令人失望的裂縫間長出了稀疏的希望之花，走投無路的人因此才有了找到活路的可能。本文之所以不避繁冗，反覆探求避難的神聖意義，就是想要點出基督教化的正義原則在西方文化中的重要價值。它仍然是西方世界的精神脊梁，作為抗衡的力量和調整的因素，它時時刻刻都在發揮著使這個世界的苦難再減少一點的作用。滔滔者天下皆是也，還能有多少比減少苦難更神聖的事務呢！

面對乳房

我們的頭腦至今仍不能完全指揮我們的感覺，這的確是一個很大的不幸。有時候，你明明在認識上可以接受一種理論，也可以開口或提筆宣揚其中的道理，但一進入日常生活領域，你往往就會按照固有的習慣作出難能免俗的反應，好像你已經理解的思想為你看待事物所提供的視角根本就不存在一樣。特別是在如何對待自己或他人身體的問題上，我們還是容易受到古老癖性的影響，更容易為當前的風氣所左右。我們基本上還是自己的感覺的奴隸。就像巴甫洛夫的狗那樣，我們總是容易對悅人的虛幻信號頻頻流下欲望的涎水。女人大都喜歡突出自己身體的美感或性感，她們的努力和刻苦已經使得身體成了個人的負擔和對生活的限制，身體幾乎被刻意地塑造成一種外在於自我的東西。男人則普遍迷戀於對象化的女性形象，為女人的身體上突出的美感或性感而興奮，並渴求著他們實際上不可能從女人身上得到的東西。就在這半自以為是，半自討苦吃的忙迫中，人世間擠滿了值得我們從一邊仔細檢討一番的悲喜苦樂。當然，拘束在現實的好惡得失中是很難反觀那一切的，最好還是去讀一本有趣又有益的書，比如像美國學者瑪瑞蘭・雅蘢(Marilyn Yalom)的《乳房史》(*A History of the Breast*, New York, Alfred A. Knopf, 1997)這樣引人入勝的新作，讀了它即使未必能改變我們的感覺，也對我們認清某些感覺的形成是很有幫助的。就我個人的領會而言，只是在讀了此書之後，我才對乳房在西方世界從古到今如何被感知的過程有了比較全面的了解。

在不同的文化中，社會固著在女人身上的性感部位是極其不同的。我們的祖先對小腳曾有過一段古怪而殘忍的迷戀，但對於乳房，無論是在把軀體幾乎只當做衣服架子裹起來的人物畫中，還是在描寫女性身體的文字中，似乎全都像假設了它根本不存在一樣。他們在最初甚至沒有為身體的這一部位發明專有的名詞，「乳」字的本意只是指生養哺育，然後才兼指用來哺育的汁液和流出那汁液的器官。就像它始終埋藏在衣服下面，只在給孩子餵奶時才拉出來一樣，乳房在中國的傳統文化中是沒有什麼特殊意義的，乳房就是乳房而已。相比之下，乳房在西方文化中卻甚受關注，自古以來，它都是視覺藝術所表現的對象。按照雅蘢的描述，對乳房的再現和論述基本上貫串了兩條主線，即由崇拜它所顯示的神秘含義漸趨凸現它的肉感之美；在哺乳的功能與觀賞的對象兩者之衝突中，它日益淡出嬰兒的需要，而越來越為消費的刺激俘獲，成了點綴大眾媒體的新偶像。

我們的身體是歷史地發展起來的，所謂的人體美，基本上乃是文明進程的產物。自然並沒有賜給女人苗條的身材、光潔的皮膚和優美的姿態，一切屬於女性的(feminine)麗質美色其實都是對雌性本質(femaleness)的超越。包括人在內，整個動物界的雌性本質都有一個共同點，就是讓雌性的個體囿於生育的事務，使其身體發育成一個生育的工具，使個體在種的延續之鏈中只作為一個環節而偶然存在，並沒有它自身的目的和價值。在前幾年頗有過轟動效應的《性面具》(*Sexual Peronae*)一書中，作者佩格利亞(Camille Paglia)把這種雌性本質與臃腫、混沌、黏稠、幽暗等屬於生命蒙昧狀態的特徵聯繫在一起，把這種重濁的雌性形象視為自然加在女人身上的醜惡一面。她以舊石器時代的大母神石像——所謂委蘭朵的維納斯(Venus of Willendorf)——為例，認為它那完全缺乏線條的軀體明顯地體現了雌性本質，它那永遠懷孕的大肚子、水囊似的巨乳和累贅的肉塊堆起的胯部壓倒了軀體上的其他部位，這一誇張和突出正顯示了生育的功能對人體的拖累。原始的生育崇拜者神化了雌性本質，在物質貧乏的處境中，他們把自己對豐饒的貪求都寄予雌性軀體的神秘力量，以致在這個大母神身上，過量的生育功能完全壅蔽了身體向優美成長的可能。但也正是基於雌性軀體潛在的此類巫術功能，在後來的宗教圖像中，女性的乳房才罩上了神性的光輝，才被普遍作為象徵聖潔觀念的形象。而正是在轉向聖潔的蛻變中，女性的軀體才漸漸甩脫了雌性本質的重濁，那被誇張為生命源泉的巨乳才開始變小，在雕塑家和畫家的手中呈現出勻稱、渾圓的形狀，就像出水的蓮花從污泥中亭亭玉立起來。與神話思維總是趨於極度的誇大完全相反，優美基本上遵循縮小的規律。象徵的乳房於是成為審美的乳房，乳房的對象化就這樣發生了。對象化是訴之於眼的，它使乳房被塑造成只是讓人看的形象，而非哺乳的器官。因此，凡是與哺乳有關的肉體性反而成了盡量被刪除的東西，理想化的乳房從此與長在女人身上的乳房拉開了距離。

理想化的乳房是堅挺而嬌小的，它們像蘋果一樣在胸膛上一邊一個，被約束在衣服之下，以標準件式的美與女巫的乳房形成明顯的對立。它們更多地代表了男人的理想，因為男人畏懼和厭惡女人身上固有的雌性本質，比如像基督教這樣男性意識的宗教，它所戒除的淫邪、污穢、貪婪等罪惡，便與雌性沒有限制的繁殖力量有一定的聯繫。乳房於是在兩種對立的女性形象上有了不同的含義：按照美的標準塑造出來的乳房遂長在了聖母等聖潔的女性身上，而淫蕩、邪惡的女人則被表現為袒露出醜陋的大奶頭。她們的乳房甚至被視為她們的魔力之源，一些描寫懲處女巫的中世紀繪畫往往就有血淋淋地切除乳房的場面。乳房的再現史從一開始就走上了一條不斷地經歷自身分裂的道路：一方面從其固有的肉體性中汲取可塑造的美質，一方面則把理想化乳房之外的其他多種形態貶為醜陋的標誌。而一旦藝術的形象成為生活的範本，現實中的女人也想把自己裝扮得像畫上的女神一樣時，乳房的美與不美便具有了區分身份貴賤的意義。

應該說，女性美乃是對女人身上自然本質的改造，是在揚棄生育事務的過程中發展起來的，是那些職業情婦和貴族婦女最初為了把自己與其他普通的女人區分開來的結果。例如，由於害怕給孩子餵奶而把自己的乳房弄得下垂失形的貴族婦女便雇乳娘來代替她們的職責，她們之所以能保持青春的胸脯，正是因為來自農家的乳娘承擔了像哺乳這樣的雌性事務，才使她們有條件為取悅丈夫或情人把自己的乳房保養得更美。此外，哺乳也對夫婦間的性生活有所妨礙，而且據說奶汁由血變成，性活動引起的情緒激動會敗壞乳汁，富有的丈夫當然寧可讓妻子把餵奶的差事交給職業的乳娘。雅蘢在書中所選的一幅十七世紀繪畫生動地說明了哺乳與性感的對立：這是一幅描繪法王情婦的畫，她的全裸的上半身被置於前景，繪畫的中心意圖就是展示她胸脯上那兩個像象牙球一樣光潔的乳房，它們以其被閒置的狀態顯示了一種精心培養起來的優美。她的背後是著衣的乳娘，後者正露出圓滾滾的大奶頭給她與法王生下的孩子餵奶。兩種乳房的對比讓我們明顯地看到，被視為有魅力的女性形象都是在非雌性化的過程中發展起來的。隨著優美的乳房在男人好色的眼睛中日益被從孩子的需要中分離出去，雇傭乳娘的做法便在富貴人家日益風行起來了。於是在上層婦女中，對很多做母親的人來說，不用自己的乳汁哺育孩子，已不完全是一個單純的愛美的問題了，能保持不給孩子哺乳的乳房，本身就顯示了高貴的身份和脫俗的儀態。

我相信，無論是男性的個體還是群體，大概都很難強迫婦女群起去做有害她們身體的事情，是一部分女人想從外表上和另一部分女人顯得不同而首先發明了折磨她們自己的穿著打扮。例如，為了進一步同粗壯的農婦拉開距離，歐洲富貴人家的小姐太太自從中世紀以來就在自己的腰胸之間費盡心思，把一種叫做“corset”的緊身內衣發展到了絕不次於三寸金蓮小鞋的地步。那是一種為束腰、箍胸和托乳而精心製做的女性鎧甲，但與鎧甲的旨在護身不同，它的作用是壓迫筋骨皮肉，它把身體的自然形態當成了必須矯正的東西，最終要把一個女人從腰至肩再塑得幾乎像V形的花瓶一樣，通過把腰胸之間的部分盡量縮小的做法，以達到突出乳房的目的。這種褡褳似的內衣甚至夾有鐵片，或輔以鯨骨，講究穿戴的女人一旦把它穿在身上，便如同置身刑具之中。男人在藝術上創造出理想的女性形象，熱中效顰的女人往往不惜拿自己的身體去做實驗，結果總是把事情搞得過了頭，前仆後繼地為時尚作出了犧牲。有一個力反緊身內衣的醫學博士曾激烈地指責，說它對西方婦女的殘害甚至比中國女人的纏足還要厲害。

大約從十九世紀末期以來，corset的應用日益受到醫學界人士和婦女解放運動的批評，後來的乳罩就是累贅的corset被廢除之後在女人內衣建制上留下的遺跡。胸腰總算從束縛下解放出來，但束縛機制對其最執著的硬核仍沒有放手。乳罩就像市場伸出的一雙爪子，始終都緊扣在女性消費者的胸脯上。隨著女人胸圍的流行尺寸時大時小，起襯托作用的乳罩也被廠家花樣翻新地生產出來。動聽的廣告總會使你相信，不同的乳罩各有妙用：不管你的乳房原來是什麼樣子，戴上它就會顯得標準而入時。對大多數女人來說，接受一種反對男人控制的理論並不困難，但在對待自己身體的事情上，要做到一反內心的審美理想，卻非想像得那麼容易。因為，你想要讓你成為的模樣是社會地構成的，它已深入到你的無意識深處，你只有向它看齊，才能夠保持良好的自我感覺。

胸脯的高低也像時裝的寬窄一樣隨社會風氣的變動而時起時伏，在美國女權運動高漲的六七十年代，平胸曾一度風行，而八十年代以來，女權日益受到了反挫，逐漸聳起的胸脯又開始釋放出頗有感染力的召喚。模特兒、明星和舞娘紛紛都向公眾顯示出大乳房的魅力，高胸已成為一種價值，以致在求偶的廣告上，高胸的女士把「48DD」那樣的尺寸標舉為自己的優點，以廣求招徠。袒胸露乳的美人形象被同各種商品拼貼在一起，使消費和性感成為合二為一的東西。針對這種乳房頑念，雅蘢在她的書中感慨地質問，既然女人就只是乳房，為什麼不讓男人徑直去成人玩具商店買個仿真的橡皮美人拿回來，想怎樣狎玩就怎樣狎玩呢！在男人戀物的同時，女人也把自己物化。自隆胸術興起以來，成千上萬想要自己胸膛上改觀的女人都甘冒健康的風險，讓大夫用刀子拉開皮肉，把膠質填充物植入其中。女人為趨時尚而作出的努力的確是艱苦卓絕的，據雅蘿提供的一個調查結果顯示，很多接受詢問的隆胸女人都一致堅持，她們的隆胸係出於自願，並非受了丈夫、醫生或社會的壓力。也有人嫌肥大的乳房給身體的活動帶來了麻煩，她們則選擇手術將其割小，在巴西上層階級的家庭中，女孩過十五歲生日時就被父母送去作這樣的手術，為的是讓他們的女兒與大奶頭的下層婦女趁早劃清界線。當如何處理身體的某一部位關係到一個人的身份、地位和形象時，人們往往並不覺得對自己的身體做了非常殘忍的事情。

對理想的乳房懷抱痴念的男女也該質疑一下，長在女人身上的那個器官是否確如提香(Titian)等大師所畫的那樣渾圓而翹然聳起，或像好萊塢展示的那樣顫巍巍誘人？一個整形外科女醫生運用電腦技術繪出了乳房實際的形狀，她告訴我們：「大多數乳房都像一滴眼淚，上部較扁而下部欲垂，很多女人都讓歪曲了她們身體的肖像害得好苦，她們寧願隆胸，是因為她們以為自己那地方長得同別人不一樣。」還有人認為，豐滿的乳房是吊在女人脖子上的磨盤，它不但排斥了其他形狀的乳房，而且對那些女人構成了歧視。然而，它只有在它還豐滿的時候才被贊賞，一旦它變得膚色晦暗，又鬆弛又乾癟時，它就會為人厭棄。彷彿它不是一個人身體的一部分，而是她胸膛上的尤物，像麵糰一樣必須被揉來捏去。

面對乳房這一不幸的荒誕境況，雅蘿提出了「自由乳房」的觀念。她建議女人好好想想，到底是舒服重要還是美觀重要？我們身體的不少部位往往都是在以障為彰的作用下被強加了性感。在非洲和太平洋島嶼上，男女全都裸露上身的部落內壓根就不存在乳房頑念的問題。現在，中國女人早已不纏裹腳，日本女人也脫下了古老的和服，她們的腳或後頸自然也隨之失去了昔日的性感。正是基於消除「魔障」的理由，一些女權主義者提出了燒掉乳罩，裸露上身的倡議。針對美國法律不准婦女公開把乳房暴露到乳暈部位的規定，雅蘢反詰說：「我們該不該把這一規定視為對婦女的一種歧視呢？男人都有赤膊的自由，婦女就該在公園和運動場上頭頂烈日捂一身汗嗎？難道這一規定只是為了加強女人的乳房天生就誘人而男人一見女人的裸胸就不能自持的成見嗎？制定這樣的法律是不是旨在為色情圖像和影視廣告保存赤裸的乳房，好讓它們由於在私人身上的隱藏而在公開場合顯得更加珍貴？」儘管如此，乳房似乎還是與腳和脖子有別，固著於其上的頑念畢竟過於濃厚，以致它不會那樣輕而易舉地裸露出來，因而還不會立即得到全面的解放。

已經得到的解放主要還是觀念上的，已往大都是由男人從外部對女人的乳房作這樣的規定或那樣的再現，如今則由婦女從個人內心的感受出發，要就自己的乳房發現完全不同的、從未揭示的東西了。她們試圖利用各種藝術的媒介重構女人的身體，或消解傳統的理想美，或敗壞男性視角的色情味，或運用反諷和戲擬的手法顛覆男性中心的程式，將其轉換為女性中心的性逗趣。內心感受與外在注視的根本不同在於，被再現的乳房不再是男性欲望的對象，而是婦女開始辨認自身和發現了新的性感的顯示。比如，在一首描寫新母性的詩中，作者以自我界定的口氣寫出了哺乳的快感與做母親的喜悅，而乳房所傳達的自豪和脆弱也被抒情地融合在一起。在視覺藝術中，她們力圖提供更接近女人身體和感受真相的乳房形象。她們首先要突破男性的單一模式，表現乳房的多種形態：既有肥胖的，也有瘦小的；既有年輕的，也有衰老的。她們特別攝取了日常生活中乳房的平淡灰色的一面，甚至有意向公眾暴露出它的病態和殘缺。乳癌在今日嚴重地威脅著婦女的健康，做過乳房切割手術的胸膛也成了眾多女性之胸的一種。唯美的乳房已經受到了挑戰，並不美觀的，甚至近乎醜陋的乳房被大量推到了眼前。面對這些乳房的新形態，觀眾會不會慢慢習慣，以至最終淡出已往的痴迷呢？

在大眾媒體推行的乳房痴迷依然據壓倒優勢的情況下，這些不同的聲音所產生的影響當然還極其有限，婦女的主流並不理會從邊際發出的呼喊。男人也不會輕易去垂青用觀念武裝起來的新女性。誰也無權禁止別人愛美或勸說別人不修邊幅。人類對自己歷史地形成的荒誕依然無可奈何。自由的乳房尚停留在觀念的層面上。大概只有到了那一天，當大多數女人把身體的舒適看得比美觀重要，當乳罩已毫無用處，當乳房已同脖子或腳一樣失去性感，被同身體的其他部位一樣看待，女人才有可能挺起自由的乳房走向人群。

夜灌

入睡不久，就讓妻叫醒了，她說鄰家的萬仁已澆完了麥地，該輪到我家用水泵了。已到了後半夜，我硬掙扎著撩開被子，穿上棉衣，戴上棉帽，摸黑走出了院門。我拉著裝化肥的車子，她跟在車後，低一腳高一腳地向地裡走去。遠處有一點暗紅的火光，就像一塊從爐膛裡夾出的鐵，正在慢慢地暗下去。半路上碰見了萬仁，他說有半截點著的蠟燭栽在水渠邊，讓我一到那裡就把水改到我家的麥地裡。

雪下得正緊，耳邊只有雪糝子落在衣服上的「發拉」聲。我還沒有完全擺脫睡意，突然走向深夜的雪野，心裡頭一股沒睡醒的厭煩。一路上我倆誰也沒同誰搭話，走到地裡，她一手持燭，一手擋風，給我照亮。我迅速就著那燭光改好水，又匆匆走過通向我家麥地的水渠，看看渠沿有沒有跑水的地方，隨手修整了一番。緊接著就把化肥裝入臉盆，在麥地裡撒了一遍。然後送妻回家，再獨自來到地裡。

雪越下越密，「發拉」聲已遮住了泵子的噴水聲，只有透過那密集的「發拉」聲的間隙，才能模糊聽到流水在遠處發出的沉悶聲響。雪的反光沖淡了夜的黑暗，逐漸習慣了夜色的瞳孔也變得視覺靈敏起來。人在黑夜中待得越久，就越會清晰地看出四周的景物。我覺得此刻恍如置身黑白電影中，眼前的一切只有兩種顏色，只能從黑白的深淺程度上分辨出所看到的東西。

水流得非常緩慢，我得不停地跑去查看水頭，修整渠沿。就這樣，我跑得渾身發熱，漸漸也不覺得地裡冷了。地面上的薄雪映射得天空微微發白，那景象恍若延長了的傍晚或提前來到的黎明：雪給黑夜摻入了白晝的調子。特別是籠罩一切的「發拉」聲，使我在廣漠的寂靜中聽出了天地的呼吸，使我感到了空氣中流溢的暖意。

天色不知不覺地亮了，當我走到地西頭查看水流時，偶一回頭，才發現黑夜已完全褪色。並不是曙光驅散了黑夜，是雪光拖出了白日。井口上，水渠邊，正在灌溉的麥畦周圍，全部騰起白色的水氣，把井水從大地深處帶出來的熱釋放到地面上。水融化了麥苗上的雪。忽然，眼前有幾個不知名的小鳥撲打著灰翅膀，在水面上啄食，機靈地挺起淡青的胸脯。我往跟前走幾步，鳥兒就向遠處飛幾步，蹦跳著，不停地扭頭、張望，弄得我始終沒看清牠們到底長得是啥樣子。

天大亮了，我終於可以放眼環視這只屬於我的雪景。路上已經有了人，有的緩步行走，有的驅車疾馳，飛快的車和移動的人都是黑糊糊的，好像很多剪影滑過了一張巨大的白紙。我朗誦我自己的詩，還放聲高唱一首名叫"Edelweiss"的外國歌，誰也沒有聽見。空間太大了，我的聲音一出口，就被沉寂的空曠完全吞沒。實際上我只是在唱給自己聽，我竭力用聲音打破冬野的寂靜，結果卻像是拿起一根草莖叩擊一口厚重的大鐘。

雪停了。太陽出現在灰沉沉的天穹上，有如毛玻璃後面的一盞燈。它照散了雪野上的肅穆氣象，它自己也隨之顯得有點滑稽。路上的雪開始融化，露出了一道道黑色的泥污。地上的景物越來越清晰，雪野越來越刺目，我的雙眼也疲倦了。

只有潛水泵在深井下默默轉動，不改節奏，從黑夜到白晝，以源源不斷的水頭傾吐出恒久的熱情。

我的學詩經歷

我對舊體詩詞發生興趣，大約是在十二三歲大量閱讀舊小說的時候。舊小說中常穿插一些比較淺顯的詩詞，或為整首，或為斷句，遇到某些有意思的詩句，我就喜歡反覆吟詠，而誦讀的多了，心裡頭便慢慢地感應了那種語言的節奏。那時候我才讀小學六年級或初中一年級，能認識的字還很有限，更不懂什麼典故，只不過喜歡背誦一些對偶的詩句，從中默會某種自己也很難說清楚的快感罷了。現在看來，應該說那是一種受到了召喚的快感，是你的想像被觸動得偶爾一亮的喜悅，是思想不經過認識的過程突然就對存在的奧妙有了一點領悟的情境。比如「雪滿山中高士臥，月明林下美人來」這兩句詩，好像就是在讀「三言」中某篇小說的時候過目記下來的，直到今天，我也不知道這一聯出自哪一首詩。舉這個例子，倒不是要證明我的記性很好，而是想以此說明，一個人的記憶底片對那些亮麗的詞語自然會有感光的效應，詩性的記憶不同於死記硬背，它多半是在興趣和感悟的作用下加深印象的。雪山高臥和月照林下是多麼動人情思的意境，一個雄渾，一個優美，兩個晶瑩的句子就這樣嵌入了我的記憶。不知道那些天生就有詩才的人到底是在什麼狀況下開口吟詩的，我以為，對大多數喜歡寫詩的普通人來說，所謂詩才，首先就是對所讀詩歌的感受能力。而進一步嘗試寫詩，則是喜歡讀詩的自然發展。不是生活給我們提供了寫詩的材料，不是情感迫使我們用詩表達，而是閱讀感染了我們的模仿願望，是我們所讀的詩句詩化了我們的情思和話語，一旦達到了這種語言中魔的地步，你就會製做出與你已經讀慣了的詩句相類似的新詩句來。

回顧自己的學詩經歷，我覺得我的自發的創造動力並不十分充沛，後來的嘗試寫詩，可以說完全是受了閱讀感染的結果。當我讀詩讀得也手癢想寫的時候，祖父給了我一本陳婉俊註的《唐詩三百首補註》。祖父常對我說：「熟讀唐詩三百首，不會作詩也會努。」「努」在關中方言中的意思是，閉住氣用力，以致嘴裡發出了鼓勁的聲音。祖父的意思是說，一個人若把那三百首詩讀熟了，他自然就能胡謅出像樣的詩句來。就我當時的閱讀水平來說，陳婉俊的補註本身也需要另加註釋。所以我就先挑著讀那些沒有註釋或註釋較少的詩，特別是後面比較容易讀的絕句部分。有時候祖父也給我串講幾首，主要是解釋典故和一些常見的詩詞用語。那常常是在午飯之後，祖父靠在屋檐下的躺椅上，他拉長了調子吟詩，在他的語氣一重一輕的間歇間，偶爾會有一隻劃著弧線飛過的蜜蜂插入了牠嗡嗡的一響。春天的陽光照得人四肢發軟，我眯縫著眼睛聽祖父的誦讀，我覺得陽光的照射像千千萬針尖在我眼前的虛空處刺下了閃爍的亮點。車前草從臺階下鋪地的磚縫間冒出了嫩綠，走在後院的小徑上，祖父最愛高吟「綠滿窗前草不除」。

一九五八年七月一日，與我們家僅有一牆之隔的興慶公園正式開放。這是在唐興慶宮遺址上新建的一個大公園，開放的當天，祖父帶我去園內遊了一圈。我終於找到了可以試一下筆的題目，於是回家就寫了十首詠興慶公園的七言絕句，每一首詠園內的一個景點。這十首絕句算是我小時候學古詩最早的習作。說它是七絕，只是就七字句四句一首而言罷了。我那時還不太懂平仄粘對和韻部等最基本的格律，把自己的詩拿給祖父看的時候，他向我指出了很多音律上的問題，還改了一些措詞不當的地方。不管怎麼說，能寫出來，並寫得還有點像那麼回事，這畢竟使我多了點自信和興趣。在一個一般人都按學校的各門功課成績來衡量孩子是否聰明的時代，我真不知道自己為什麼會熱心搞起了這種連祖父也覺得並不值得特別提倡的事情。那一年夏天的興慶池成了我詩興初潮的源泉，我詠嘆紫薇花的艷麗，摹寫噴泉下乘涼的清爽，常常在波光瀲灩的日子佇立湖邊，一心要在那長久的凝望中打撈出什麼朦朧的詩意來。總之，我是為我那些總不太讓自己稱心如意的拙劣句子費盡了心思。我硬是讓自己陷入了一種很不舒服的寫作狀態，因為我從來也沒有碰到思如泉涌的時刻，神來之筆似乎永遠只是一個氣人的妄想，對我來說，作詩簡直成了一件自討苦吃的差事，一個像母雞暖蛋一樣執拗地堅持下去的勞作。

我的焦慮在於，我作詩的欲望和在寫作上的期待遠遠大於自己有限的表達能力。也就是說，常有寫詩的衝動，卻無寫出詩來的靈感；想寫出更好的句子，但寫出來的往往很差。結果，寫作上的碰壁總是把我反彈到閱讀中，我所能做的，似乎就是從所讀的詩句中去瞎碰出有可能使自己產生什麼想法的契機來。讀詩不只是學習和欣賞，同時也成了一種啟發性的碰撞，好像是在給透不過氣的文思輸氧。

我相信每一個讀者都是潛在的作者，因為在特別重視編織「互文」(intertexts)的古典詩詞上下文中，一個想成為作者的讀者在讀詩的時候處處都會觸發影響的愉悅。你被鼓勵在文本上同前輩詩人頻頻握手，從他們的詩句中點化出自己的詩句成了傳統的做法，似乎不拉攏這樣的關係，你就很難給自己的文本建立起令人重視的「出處」。因而，詩句有了出處讀起來才會順口，有了來歷才有地位。而完全撇開書本，只憑著自己的觀察空口說白話，就會被視為缺乏翰藻。我常從祖父塵封的線裝書堆中翻出很多清代及晚近地方文人的詩作，我發現，把那些流暢而合律的詩作稍作對比，處處都有驚人的雷同。從主題到用語，從情調到意象，其間充滿了變換著的重複，它們的圓熟甚至讓人感到單調。連續翻幾頁讀下去，滿篇平庸的美麗便讓我覺得頭腦麻木。顯而易見，我的詩句之所以彆扭，就是我閱讀的舊詩還太少的緣故。雖然我並不喜歡這些因襲味較重的詩作，但就其語言的流暢和工穩而言，我的水平當時還差得很遠。

祖父的書桌上有一套《詩韻合璧》，碰到在押韻上躊躇不決的時候，他偶爾會翻開那本石印的書核對一下韻部。這是一部類似於今日的文學描寫詞典那樣的寫詩手冊，在每一個字的下面都羅列了很多由該字構成或有關該字的詞條，專供一個人思路不通時參考。祖父告誡我，寫詩的時候若在措詞上碰到困難，最好不要到那裡面去搜羅詞彙，作詩要貴自然，要是養成了補綴餖飣的習慣，最終就會壅蔽自己寫詩的性靈。翻檢《詩韻合璧》，的確令人望洋興嘆，我想等我熟悉了那麼多的詞彙，我的想像力恐怕也就被詞彙完全淹沒。在這座詞語的巨冢裡，它的編者為美文的造句練習儲存了大量分門別類的詞彙預製件，每一次注目這些華麗的語言鏽跡，我都對它的太書本太學問的精緻產生本能的排斥。我想起了我過年時常玩的萬花筒，你只要不斷轉動這個小紙筒，就可以從筒端的小孔看到不斷變換著的圖形，那是一些從不重複的排列，五顏六色，奇幻得令人入迷。有一次我拆開了它，我發現製造出那種美妙效果的，原來只是一撮彩色的玻璃渣子和筒壁上的稜鏡。《詩韻合璧》裡的詞彙就是語言的玻璃渣子，縱觀絕大多數讀起來實在沒勁的古詩，我看其中就是過多夾雜了玻璃渣子般的詞藻。這也許是古典詩詞本身固有的缺陷，而越到晚近，這個傾向就越嚴重。如果把傳統比作長河，所有這些詞藻預製件就是流水中的泥沙，越到後來，沉積就越厚。面對如此沉重的遺產，影響的愉悅差不多成了影響的焦慮。

祖父是個居士，也許是受了佛經偈語和寒山拾得詩的影響，他的詩都寫得很質白，一點也不講究文采。他把他的詩叫做順口溜，他其實是把詩當散文去寫，是覺得這種既定的形式有時用起來頗為方便，於是就用五言或七言的句子記一件事，或者對某一種經驗作出韻語的總結。他的上百冊日記和所寫的一切東西已在「文革」的抄家中全部失散，後來落實政策，我的堂兄弟們只追回了他們想要的值錢之物，文字的東西全被他們棄而不顧。所以，如今想在此錄一首祖父寫的詩，都已渺不可得。我只能把記在心裡的斷句錄在下面，聊作從遺忘的去流中撈起的一根稻草。他在窗扉上貼了一首自誡詩，我還能記得大白話般的開頭兩句是：「說話過多太傷氣，對於身心大不利。」另外，他常喜歡在口頭上重複的一聯詩是：「百忍堂中養浩氣，退思軒裡解煩惱。」他室內的牆上一直掛著一幅對聯，那是兩句集唐：「白蘋風起樓船暮，紅蓼花疏水國秋。」他常讀八指頭陀的詩集，其中他最喜歡的一句是：「洞庭波送一僧來。」我至今覺得，我應該在這兩個方面感到慶幸：一是祖父的藏書使我有機會讀了那麼多在那個年代很難順手找到的詩作；二是從開始學詩，祖父都是任我自己隨便摸索，他從沒有向我指點過任何作詩的技巧，也沒有迫使我接受什麼成規。與如今很多從小就逼孩子背唐詩的愚蠢父母不同，除了勸人行善和吃素，祖父從來不把世俗那些望子成龍的設計強加在家中任何一個孩子的身上。

我漸漸不再奢想作詩的速成，也不再讀那些我企圖用來催化速成的近人之作。我開始按照文學發展史的線索閱讀經典作品。從《詩經》而《楚辭》，而樂府古詩，而李杜等唐代大家，直到龍榆生編的《唐宋名家詞選》和《近三百年名家詞選》。我在我的筆記本上抄我喜歡的篇章和佳句，寫我的閱讀反應，在這一段持續讀詩的中學時代，我如癡如醉地沉入了閱讀的感染。

我現在要對這裡所說的「閱讀感染」略做一點界說。它不只指由閱讀引起了寫作的欲望，而且包括所讀的作品對一個人的內化，也就是寶釵告誡黛玉所說的詩詞能移人性情。反映論常把寫作解釋為文字對自然的模仿，但從另一個角度看，當一種描寫的程式感染了你，而你也用這樣的程式觀物時，你眼前的景物就有了你的主觀投射的色彩。比如，落花並沒有令人感傷的本質，秋雨也沒有叫誰發愁的因素，但傷春悲秋的詩詞讀多了，一個人慢慢就會對落花或秋雨產生感傷的反應。正如況周頤在他的《蕙風詞話》中所說，當人靜簾垂的晚上聽到殘葉在窗外颯颯作秋聲的時候，他就「有無端哀怨，棖觸於萬不得已」，於是他進入了「詞境」。太多的悲秋詞寫到了人靜—簾垂—殘葉—颯颯秋聲，這就是況周頤忽然在眼前的景色中發現了「詞境」，並觸動了他那「萬不得已」的「詞心」的緣故。我的感受也是在閱讀中起了變化，我逐漸形成了以詩詞的方式感受事物的習慣，我也在聽風雨的時刻生出了風雨江山外有萬不得已者在的感覺，蒼茫獨立於寂寞無人之區，我也產生了對遠方的模糊渴望。現在，外在景物的物理的一面被情緒的色彩柔化了，柳絮、落葉、夕陽、蟬鳴、春風的和暢或秋天的涼意，所有這些構成日常生活環境的景象都向我的感受推出了一連串有意味的鏡頭。詩在走向我，就像銀幕在撲入觀眾的眼簾。

我和祖父母住在一個有十來畝地大的花園內。我的房門外挺立著高出屋頂的梧桐樹，我就是坐在落滿了黃梧桐葉子的石凳上初次讀「嫋嫋兮秋風，洞庭波兮木葉下」的。我的窗外有叢竹和藤蘿掩映，月光下總是給屋內的地板投下斑駁的影子，我就是看著那搖曳的影子讀張先的影子詞的。我的祖父連蒼蠅都不許打，他頂多是卷起簾子把牠們驅逐出境，而我也就是在這樣的背景下聽他讀「愛鼠常留飯，憐蛾不點燈」那一類詩的。外面在搞大煉鋼鐵，在鬧自然災害，我們的園子結廬人境，卻未染塵囂。它就是一個詩詞實驗室，一個與詩詞同構的世界，一個可以走出書本，直接進入的詩化空間，它就是現實的詩境或詞境。我在這樣的環境裡感受詩詞，自然遠比後來當研究生聽老師在課堂上講授詩詞親切生動。

讀書須趁少年時，只有在自發的自學中，在求知欲和好奇心最強的年齡，在最容易真誠地接受閱讀感染，總是把幻象當真對待的時期，你才能充分體會讀書的喜悅。剛剛啟蒙的心智就像被開墾的處女地，一經文字的播種，那肥沃的興趣就會滋生出茂盛的情思。我常常讀得半通不通，但就是那些模糊的理解，乃至誤解，在今天看來，也自有其比後來當研究生時的條分縷析之解更接近詩的本質的地方。早期閱讀的新鮮經驗最可貴，最讓人迷戀，因為未發狀態的精力比已發之後更其彌滿，生成的過程比既成的定局更為豐富，閱讀往往是大於作品的。

我的閱讀感染也影響到周圍的幾個文學愛好者，有我的妹妹和我們的同學。在我上中學的年代，周圍並沒有多少可供青少年選擇的娛樂活動，除了讀課外書籍，似乎再沒有什麼更有意義的事情可做。於是愛好文學便成了一種時尚。在不少人的身上，寫詩的欲望或嘗試寫詩，可以說多少都帶有青春期癥候的性質。如果有人對這個現象有興趣作一調查，他一定會發現，很多人即使後來和詩歌毫無關係，他們在青少年時代也曾一度莫名其妙地熱愛過詩歌，甚或有過不錯的即興之作。把這一癥狀專業化了的人最終成了詩人，而另一些僅僅發過詩歌燒的人，則由於當初只是把詩寫在筆記本、日記、書信或一片揉縐了的紙上，隨後任其塵封，或乾脆扔掉，他們的詩才就只能像枝頭狂花，匆匆開過了適逢其時的季節，便紛紛謝去，沒有坐果。就其曾數日、數月或更長一段時間寫過詩這一事實而言，他們之作為詩人與得到了詩人頭銜的詩人，其間並無本質的區別。從審美的本體上看，他們的詩人狀態也許更為純粹，至少比那些把詩人的頭銜和身份太當真看的詩人更純粹。現在有人研究中國的地下文學，提出了體制內和體制外的劃分，其目的在於凸出邊緣詩人的地位。但應該指出，還有比這個地下更地下的文學，有比這些邊緣詩人更邊緣的詩人，那就是上述在私下（但非地下）夭折了的文學活動，是曾一度發過詩歌燒的詩歌愛好者。在報刊上舊體詩詞的園地只屬於領導人物的領地的時代，其實有很多普通人都在私下寫著他們的詩詞。邊緣的新詩作者是由於他們的地下狀態而被置於邊緣的，今日的舊體詩詞寫作則被新詩置於整個詩壇的邊緣，因而其作者便成了邊緣的邊緣。這至今還是一個完全未知的領域，它有待我們的文學研究去作必要的勘察。

有一段時間，我和周圍幾個也寫起了詩的同好互相交換詩作，好像結詩社似的在我們的園子聚會。我感到非常驚訝，在他們之中，有一兩個人從未見寫過詩，不知是如何受了感染，他們忽然像春天的小鳥唱出了好聽的歌一樣，某一天居然「努」出了可以稱道的詩句。我把我們的作品編了一本題名為《春草集》的選集，後來在學校的領導整我的時候，為了避免麻煩，這個手抄本與其他稿件都被一把火燒成了灰。

「文革」中，抄家的風聲剛傳到西安，我就開始了未雨綢繆的工作。我把我的詩稿抄在一個小本裡，把小本包一層紙藏到我臥室頂棚的席層間。我還把一些我比較喜歡的詩夾抄在一本魯迅著作的空白處，因為我認為不會有人抄走魯迅的著作。有一天我從外面回到家中，父親公司的紅衛兵果然抄了我家，我房內的書籍幾乎被抄掠一空，但魯迅全集的確完好地留在書架上，連打動的跡象都看不出來。我立即關緊窗子和門，做賊似地站到高處伸手摸頂棚上那個秘密的地方，還好，小本依然塞在原處。然而躲過了初一，卻沒躲過十五，兩年後我在外面被公安局以「妄圖與敵掛鉤」的罪名抓走，我留在家裡所有的手跡都被驚恐的家人燒得一乾二淨。

此後我還在寫詩，但已不如從前那樣熱中，那種以飽滿的新鮮感泛覽群書的生命階段已經一去不復返了。常常是在逸出了日常生活軌道的某個時刻，況周頤所謂「萬不得已」的情懷忽然泛濫成災，以致沒有辦法做什麼實際事務的時候，遊魂一樣的情思就步入了詩句的節奏。我處於「詩情如夜鵲，三繞未能安」的狀態，思緒紛紜，詞句與詞句在混亂中碰撞，互相排斥，偶爾有了巧妙的接合，鯁在喉頭的字眼於是被連珠吐出。這就是一句詩或一首詩的生成。單身在農村落戶的年月，碰到了下雨在屋裡睡覺的日子，瞌睡睡夠了無事可做，抽著煙編織詩句，也是我度日消夜的一種方式。可惜我只能寫給我自己看，甚至只敢寫在心裡頭。

記得有這樣兩句詩：「被是牢籠睡裡囚，夢魂得句醒來酬。」形影相吊中，詩充當了兩者的對話。

從二十歲到三十四歲，我完全在體力勞動中度過，基本上沒有時間和書本打交道。三十五歲那年考研究生之所以報了唐宋詩詞的專業，唯一的原因就是我只有這一點底子。《顏氏家訓》曰：「學問有利鈍，文章有巧拙。鈍學累功，不妨精熟；拙文研思，終歸蚩鄙。但成學士，自足為人；必乏天才，勿強操筆。」自忖自思，寫詩之於我，只是積習，至於有多大的詩才，能寫到何種境界，全都是談不上的。更何況在今日，寫舊體詩詞，在任何人也只能是私下的個人愛好。所以我覺得對我來說，還是把詩詞研究作為專業更現實一些。從此，我對詩詞的愛好便發展成了認真作學問的事情。

命運就是如此奇特，沒想到我當初下功夫最多的事情，到頭來成了我的職業。過去所寫的詩詞，無論丟失的還是存下的，全都不算什麼。重要的是曾經有過的體驗，其間的得失甘苦，唯我寸心獨知。俗話說，「秀才說詩勝學究。」秀才熟悉詞章，故對詩歌的別才別趣有所領悟，而學究只懂章句，他充其量只能講出一首詩字面上的意思。如果說我過去的體驗還有什麼益處，我想只能是對我現在的教學不無裨益了。

然而，研究與創作畢竟有所不同。寫詩要來情緒，要有語感，要像跳舞一樣踏上步子，在有意與無意之間擺弄詞語的魔方，直至玩得把自己也陷入了迷陣。研究則要客觀，要分析，要把編織成的文本拆開來示人，它在很大的程度上是消解閱讀感染的。好像是把水弄得太清就不再有魚，詩詞講授得久了，不知不覺也消解了我身上某種能使得我來情緒得感覺的東西，我漸漸踏不上詩句的步子。特別是《風騷與豔情》一書完成之後，我好像同時也完成了對自己的清理，在理清了中國古典詩詞的兩條脈絡以後，我有一種從美麗的迷霧跌出來的感覺。我慢慢地成了一個更加散文的人。我清醒得淡漠，平靜得平庸。我的詩懷日漸剝落，日常的感覺常如一堵空白的牆。有時一兩句詩剛吟上口來，我就覺得自己的語言無味，情調酸腐，就在消極的自我反觀中打消了作詩的念頭。

在我的朋友中，現在只有黃世坦一個人還熱中寫舊體詩詞，他和他西安的詩友常常在一起酬唱。對於自己的作品，黃世坦顯然沒有我這種自我鄙薄的過敏反應。我來美國後，他寄詩給我，並要我酬答，我多次嘗試奉和，木然的頭腦卻像一輛冬天早上的破汽車，多次發動，卻再也點不起火來。這次回到西安見到老黃，他拿出他獲獎的舊體詩讓我欣賞，我依然無詩以對。最近，又收到南京大學張宏生教授寄贈的長詩〈耶魯行〉，其詩聲情並茂，但我的枯腸還是擠不出一點牙膏。

我尷尬而無奈，然後坦然給自己下一個結論：我在舊詩的寫作上已經失語，從此只好劃上一個句號。是國粹的詩詞語言在異國水土不服，還是沒有學好的英文妨礙得我忘了故步，我不知道。這一奇怪的失語現象只有留下來再作思考了。

站在這不得不停下來的終點回顧從前，我寫下了這篇自己研究自己的文章，同時也把幸存的舊作再加刪除，選一部分還可以一讀的彙為一集，算是給自己的學詩經歷作一個交待。

詩，特別是舊詩，存世的實在已經太多，添我抑或少我，詩集的蓄水池也無所謂增減，照樣一片汪洋。但不管怎麼說，每一個平庸的個人，就其對自身存在的感覺而言，都有他獨特的、不可被替代的價值，這就是一個人對種種屬於自己的東西，總會有興趣保存的原因。有兩句唐詩說：「作詩好比成仙骨，骨裡無詩莫浪吟。」我在作詩上始終只是肉眼凡胎，但我並沒有因為自己不具備仙骨而張口囁嚅，我畢竟浪吟過了，所以就拿「浪吟草」來命名我浪吟出來的文字。

詩人之死

近幾年來，陸續在報刊上見到了幾個年輕詩人不幸早逝的消息。坦白地說，對於當今的詩壇，我既無較多的研究，也沒太大的興趣，再加上與那幾個引起了一點轟動的死者又素不相識，所以讀了某些就詩人之死大作文章的論述，也都沒產生過什麼激動的反應。據說有的是臥了軌，有的是跳了湖，有的則砍倒了老婆再把自己吊死。不管這些死人的事情被賦予了多麼詩意的文化含義，在我看來，大抵都是往新聞的大海裡添了把鹽，又一次在水面上寫下了太多的名字而已。當今有所謂行動藝術者，詩人的自殺是否也可被理解為一種行動詩呢？詩人的死於非命和很多普通人的死於非命本屬於同樣的不幸，他們的死可能會由於他們的詩而最令圈內人更多了幾分惋惜，但我們沒有理由拔高他們的死亡，我們不能以為自己是哀悼詩人，就讓自己享有了哀悼的特權。最令人感到吵鬧的就是，詩人已經死了，詩人之死則成了活著的人眾聲喧囂的熱點，以致熱得被媒體炒成了報刊的賣點。

今日的世界已經變得日益心硬，你如果一定要做一個詩人，就得有勇氣選擇失敗的命運：活著最好不要等待戈多似的懷抱諾貝爾獎的念頭，死了更別指望到上帝的身邊去分享糖果。詩歌的繁榮依然存在，但詩人的黃金時代已經一去不復返了。因為寫詩的人在不斷增多，而讀詩的人卻在日益銳減，從某種程度上說，詩歌的流通和接受基本上成了愛寫詩的那一群人自己之間的事情。有位女詩人告訴我，甚至連寫詩的人都未必喜歡讀太多的詩作。通常的情況是，他們更喜歡別人多讀自己的作品，卻懶得去讀別人的作品。照這樣下去，究竟還會有多少人在認真地讀別人的詩，恐怕只有詩人們自己最清楚了。

詩與非詩呈現出粘連的情勢，佳句和胡謅疊印在乍離乍合之間。詩壇已由修整的花園擴張為瘋長的林莽，在文字的野地裡，誰都有自由萌發出自己的韻律之苗。這也和中國的詩歌傳統有關，詩在古代是讀書人的功課，是試題答卷和造句練習，是應用性的韻文，寫詩的人數本來就很龐大。在文學氣味不減當年的今日中國，由於新詩這種分行排列的白話文最沒有框框，對於初試弄文的人，它往往就成了較易採納的寫作形式，詩也許最難工，但在初學者的手中，它顯然最易為。所以，從詩行的起跑線上邁上文學之途的人，總是像城市的馬拉松比賽大隊剛一在街上開步跑時那樣眾多。總而言之，中國的萬事都由於染指效仿者過多而貶了值，包括人本身的價值在內。人口的基數太大，它時時在拉低和抵消每一個個人的努力。

如果說自殺的行動還能對這個世界起什麼實際的作用，那大概就是一些人以個體的自動消亡稍微減緩了這一持續貶值的趨勢。

我忽然想起了羅蘭・巴特所謂「作者的死亡」的概念。他的意思是說，文本一旦完成，就有了它自己的生命，剩下來的接受過程便全賴讀者的反應了。我們不妨把這個說法移用到今日的詩人身上。那就是說，要寫詩就自甘寂寞地寫你的詩，心裡頭勿存「我是詩人」的痴念，應該把一種特別的書寫行動與「詩人」這個讓習慣思維養得虛胖的頭銜分得開一點。做一個詩人，就滿足於自己的創作活動好了，別讓作者身分的焦慮敗壞自己的心情，正如別讓留得太長的頭髮弄得頭皮發癢。現在國內的不少作者常喜歡重複一句德國詩人的舊話，說什麼「人詩意地存留在大地上」。如何詩意地存留呢？我看最好是活在作者死亡的自我感覺中。這樣就無需自殺，也不易過早夭折。而剩下來的就只有活著和寫下去，時時想起古人的兩句詩：「身後是非誰管得，滿村聽說蔡中郎。」

祭舞詩

有一隻臭手
正慢慢地捏住了我的咽喉
死亡的酒裡
也兌了許多冒名頂替的水
——胡寬

一九八二年正月初三的晚上，我在蘆葦家與蘆葦初次見面。蘆葦的屋裡掛滿了油畫坐滿了人，只記得我走進門的時候，在場的人與畫框裡的像橫豎錯雜，各處在各的位置，都從燈光下向我露出了陌生的面孔。後來隨著談話的氣氛升了溫，一些生硬的輪廓也就在我的眼中慢慢地柔和起來。這時我注意到一個嗓音渾厚的小夥子，他坐在比較暗的地方，話說得帶勁的時候，他的目光會發生突然的變化，黑眼睛閃出了琥珀的顏色，好像要向你迸出什麼射線似的，一下子就有了灼熱的光亮。大家的談話一直向深夜蔓延，其間不斷有人離去，等到天色轉亮，屋內越來越空的時候，在我的面前，幾個撐到最後的人才比較清晰地呈現出他們的外表。那個目光容易發熱的小夥子也在其中，他就是蘆葦的好友胡寬。一夜的交談好像給我們的交往補了速成的一課，彼此在結識前的一大段空白竟無形中縮短了許多，從蘆葦家走到街上的時候，我覺得我已經同他們成了一夥。

那時候我正在熬此生最倒霉的一段日子，由於寫了一篇論艷情詩的學位論文，我在答辯前突然被取消了答辯的資格。就這樣，眼看著別的同學都拿了學位走向新的工作崗位，到最後只剩下我一個人被擱在了一邊。我再次成為危險的人物，大學裡的人士轉眼間都對我保持了距離，連回到母親家碰到熟識的鄰居，他們都開始用懷疑的眼光冷冷地看我。我讀不進去書也寫不出文章，一天到晚悶得發慌，正好在這個艱難的時期，我認識了蘆葦和胡寬兩位西安的大閒人，於是那一年春天，我就經常和他們泡在了一起。

蘆葦在西安電影製片廠當美工，他一年到頭都無戲可上，除了領工資那天往廠裡跑上一趟，其他時間差不多全待在家裡過他的輕鬆日子。胡寬也能畫幾筆畫，因為有這點特長，從部隊復員後，他就在西安郊區的電影放映站謀了份搞宣傳的工作。他這份差事也沒有多少活可幹，常常是隨便給領導打個招呼，胡寬就騎上車竄到了蘆葦的屋裡。所以我每次去蘆葦處閒坐，差不多總會碰到胡寬。在那幾年中，自從大學恢復了招生，報考大學一時間蔚然成風，包括我自己在內，很多人都抓住上學的機會改變了自己的環境，或擺脫了不喜歡的工作，或離開了無所作為的地方。但胡寬和蘆葦對這樣的出路好像一直無動於衷，也許是他們已經過慣了學校門外的浪蕩日子，再加上他們感興趣的東西也不一定能在課堂上學到，於是他們就像很多自以為獨懷別才的人那樣，便一味憑著他們的性之所至發展自己的可能，至於學院中人最關心的事業和前途，他們的腦子裡似乎壓根兒就沒有那樣的概念。如果是在一年之前，在我研究生當得頗為得意，學術上還雄心勃勃的時候，他們未必能同我談到一起。現在的情況已經不同，現在我蹭蹬在學院之外，輕飄飄毫無掛靠的日子空得人心裡發慌，我得給自己的邊緣狀況找一個安身的立場，蘆葦胡寬的生活圈子正是我失路中的逆旅，因此我們一見面就談得十分投機。

與我周圍的人相比，蘆葦和胡寬在很多方面都明顯有新潮的派頭。那時候大學裡師生的服裝還拖著七十年代的尾巴，你穿得稍有些出格，就會被視為奇裝異服。有一次我穿了件從廣州帶回來的T恤衫在校園裡晃蕩，誰知一頭就碰見了我們的系主任，看見我那件斑馬似的條紋緊身衣，系主任當面便對我提出了批評。後來系上批判我那篇談艷情詩的論文，據說我的不莊重的著裝也被他們同我那不正經的論題硬扯到了一起。蘆葦和胡寬到底是在文藝單位工作，又正好幹著比較寬鬆的差事，因而常常是出則一身洗得發白的牛仔服，入則打開帶音箱的錄音機聽西方的流行音樂，在我的眼中，他們裡裡外外，可以說都活得相當的瀟灑。有時候我們在一起並不過多交談，大家都連續幾個小時地坐在沙發上聽音樂，碰到了節奏感很強的樂曲，蘆葦和胡寬就踏著緊促的節拍手舞足蹈起來。他們所跳的舞叫迪斯科，那舉手投足的姿態顯得有力而灑脫，我第一次看見他們在屋子裡亂蹦達的時候，即覺得此舞甚合我的口味。

那時禁錮了多年的舞會才在社會上半遮半掩地開放，舞迷們跳的多為傳統的交際舞，在一般人的眼中，跳迪斯科尚屬比較異端的舉動，或覺得它的舞姿怪模怪樣，或籠統地給它扣上西方資產階級淫風的帽子。總而言之，在這個大門剛開了一點縫子的封閉社會中，很多新潮的玩意一開始都是先在地下流行的，跳迪斯科也一樣，它最初只局限在私人圈子的舞會上。蘆葦和胡寬的跳迪斯科，在西安可謂得風氣之先。特別是蘆葦，等到我認識他的時候，聽說他的迪斯科已經在地下舞會界跳得很有點名氣了。

我是一個笨腳笨手的人，從小就在動作上缺乏準確模仿的能力。在跳交際舞的事情上，我是屢學屢輟，始終都跳得半生不熟，沒有什麼明顯的長進。再加上人高馬大的，在舞場上很難碰到合適的舞伴，往往是俯就一個頭才夠著我下巴的女士，雙方邁起不太協調的舞步，未終場就讓人產生了索然無味的感覺。迪斯科也許是最適合我跳的舞了。首先，跳迪斯科不需要舞伴，你不管多笨拙，你只笨拙在你自己身上，反正拖累不了別人，你無需為配合好對方而循規蹈矩。其次，迪斯科的律動本由反協調的動作構成，它固然是另一個層次的協調，但它那抽筋似的扭擺更容易藏拙，更容易把我的笨手笨腳溶解到它的舞蹈動作中去。想到了這些優點，我覺得我跳舞上的無才終於可以在迪斯科上找到一線希望，於是我就跟著他們兩個跳舞健將熱心地學了起來。

蘆葦的個子略低於我，但他的動作天生麻利，因而跳起舞來不但沒有大個子常有的笨重，反而別添了幾分恢弘的氣度。他的舞風可以概括為奔放恣肆四個字。每當他給我們放起節奏強勁的「單程車票」，房子裡的空氣就飽和了聲音的動力，彷彿煤油浸鬆了生鏽的螺絲，我們在日常生活中變硬了的關節頓時受到了召喚，習常的姿態於是桎梏一樣脫落，每一個人都不再忸怩拘謹，都慢慢地放鬆，同時一齊扭擺起來。別人的動作感染著我，我甚至覺得，我不完全是在亦步亦趨地學習一種動作，而是讓我身上一直沉睡的律動感漸漸從神經的收斂和筋肉的僵硬中釋放出來。相比之下，交際舞的一進一退，以及那對稱的照應，實在都是優美得近乎作態。而迪斯科跳起來則叫人進入放浪形骸的狀態，當你置身這個整體上律動的「場」之中，你和在場的每一個人都會互相感染。這時候大家互相都是舞伴，你可以竄來竄去，不斷變換著自由接合的對象，全憑著偶然和隨意去即興地排列組合。而男女成雙的交際舞則一夫一妻制般的僵硬，它讓一個男人在跳舞時感到，自己好像隨時都有照顧女士的負擔。蘆葦長胳膊長腿，他跳起舞喜歡晃動雙臂，在小小的房間內橫衝直撞，姿態很矯健，有一種旁若無人的氣勢，看起來令人意氣飛揚。胡寬的動作則是誇張的，戲劇化的，他喜歡作為蘆葦的配角在舞陣裡出現，常常圍著蘆葦繞來轉去，作出一些詼諧的姿勢，好像邊跳邊戲弄誰似的。有時他會突然向角落走去，兩個食指豎起來指向高處，有意引起別人的注意，並作勢要退出舞場，一副跟大家說再見的樣子，這時他的眼睛便閃著揶揄的光亮。蘆葦的自如表現出表演的熟練，胡寬則顯得狂熱而逗趣，可以用奇詭滑稽來概括他的舞風。我看不見我自己跳舞的樣子，但我仍然可以感覺出扭擺騰越中難以甩掉的生硬。不過他們都認為，我的優點是跳得極其投入，達到了陶醉的地步，而且還誇我的笨勁兒裡有一些可愛的憨態和稚氣。另一個常和我們在一起的人是榮國，他是個畫家，比我們的年齡都大，蘆葦胡寬都跟他學畫，與他的關係是亦師亦友。他的新疆舞跳得不錯，跳起了迪斯科，他好像也帶出了新疆舞那種旋轉得神氣活現的勁頭。總之，我們四個都是大個子，四條漢子一出現在誰家的家庭舞會上，不太大的房間裡就撐起了四根活動的柱子。

舞會總是與男女廝混分不開的，否則跳舞豈不成了一種文雅的室內運動。我們這些人熱中跳舞，當然不是為了鑽研舞技，不過是閒得無聊，找個男女集聚在一起的機會熱鬧一番罷了。由於那一陣子大家都很熱迪斯科，忙於辦舞會竟然成了我們在那一段時間內難忘的交往內容。我和榮國都是早已結了婚的人，蘆葦總有固定的女友，單身的胡寬一直處在很難說有還是沒有女朋友的狀態。所以我們每一次聯絡上幾個男女，就常去胡寬在放映站的辦公室兼宿舍跳舞，而胡寬總是做最好客的主人，總是對要辦的舞會懷有飽滿的熱情。他對來者的招待也總是很實在，總是喜歡罄其所有，買一大堆食品飲料以備與會者的到來。可惜我們的舞會常辦得很掃興，碰到那些四處約來的女士都令人頗感失望的時候，我們幾個自嘲一下也就過去了，胡寬卻有一種撲了空的沮喪。他這個人，會輕易對微不足道的期待喜形於色，而很快又會由於幻滅而跌入低谷。但要不了多久，當我們又張羅著辦舞會的時候，胡寬會再次產生新的興致，又像往常那樣迎接什麼盛會似的做起了準備。

胡寬的房子裡也掛滿了油畫，有屋檐下垂一串紅辣椒的農家院，有昏暗中閃搖不定的淡藍色燈焰，有畢加索式的肥臀裸女，所有的畫全出自他寶雞的一個好友之手，都是陰冷的色調。給我印象最深的是畫家的自畫像：背景為一畫室，一個頂天立地的全身像微側而立，佔了畫面三分之二的空間。他雙手插入褲兜，兩肩內收，沉著冷臉，用賊裡賊氣的利眼注視著什麼。在胡寬的房間裡，大概除了壁上畫多，其他的東西都很少。他的床鋪的邋遢最引人注目，枕巾、被頭和床沿上的單子，都黑得有了油膩感。我有時在他那裡留宿，與他作長夜談，抽煙加喝酒，第二天起來，又繼續下去。他買一瓶喝光了，我再買一瓶，喝光了，他又買，一直買到我倆身上沒有錢為止。我們談各自的經歷，談女人，也常談詩。胡寬在繪畫上自然不能與榮國相比，在跳舞打架上比蘆葦還差很大一截，而在結交女人上，他甚至對那兩位長兄頗懷一絲友好的妒意。但在寫詩上胡寬卻是獨一無二的，也是很少有人理解的。蘆葦之所以特意把他介紹給我，就是因為同周圍的人相比，我還算懂一點詩，還有同胡寬在一起談詩的興趣。

大家都知道胡寬寫詩，認真讀他詩作的人並不多。唯獨蘆葦對胡寬的詩全盤肯定，推崇備至，一提起胡寬的詩，蘆葦總是說要比當今那批出了名的詩人寫得不知好多少倍。蘆葦的贊賞胡詩就像酒徒的品味美酒，唯一的評價就是一個「好」字，至於好在那裡，卻從無明確的下文，好像那完全是他嚥進肚子慢慢消化的理解，或者是要等到下一個世紀才能詮釋清楚的未知，反正他現在無需在你面前明確說出來。蘆葦七十年代中讀過不少內部發行的「灰皮書」，後來則和胡寬泡在創刊不久的《外國文藝》和各種翻譯文學作品中，用現在的話來說，他們的旨趣和標準在那個時候也許有點超前。對於當時詩歌界眾說紛紜的朦朧詩，他們似乎不屑一顧，在現代主義才剛時髦起來的時候，他們的步子已經踏上了連他們自己也不太清楚的「後現代」語境。總之，蘆葦對胡寬詩作的四處贊揚已達到了「到處逢人說項斯」的地步，只可惜他並不善於寫評論文章，他那些顯得大而無當的片言隻語一經在私下發揮，隨即隨咳唾而散。結果，胡寬的詩還是只流傳在我們的小圈子內。

胡寬的詩稿都用鉛筆書寫，字寫得大而清晰，裝釘成冊者摞起來好厚一疊。我們談詩談得甚為投機的時候，胡寬就變得異常興奮，他開始用高昂的朗誦腔調說話，偶然插入嘲諷話語的時候，他習慣用他當年插隊地區的西府口音說上幾句，好像在舞臺上作插科打諢的旁白。他的模仿能力堪稱一流，說真的，我甚至為他沒搞演出而鑽了寫作感到遺憾。談到了興頭上，他的談話總是滔滔不絕的，舞臺自白式的，好像他此刻不是在同別人談話，而是正在朗讀他的詩作，而我也覺得那些話確實詩句一般。人生能得幾回談！酒力徹底打開了我們的話匣子，我們總是一直談到沒有勁再多說一句話的地步。

我不能十分清楚地想起當時翻閱胡寬詩稿的印象和感受，只記得他的詩歌語言俏皮而奇特，與我那時在《詩刊》上常讀到的作品迴然不同。按我那時接受詩作的參照係數來作比方，我覺得他的詩風頗有惠特曼式的自由噴吐和馬雅科夫斯基式的古怪聯想，可以說是在浪漫主義影響的底子上摻雜了垮掉派的嚎叫，黑色幽默的辛辣，以及有點荒誕味的中國式無奈。他的過於散漫的長篇，就我那時的閱讀趣味而言，理解起來還是頗為吃力，甚至失去耐心，但個別的詩句卻從雜亂中脫穎而出，使我至今難忘。比如一首題名為〈銀河界大追捕〉的長詩，我現在還能想起其中的一句是：「世故的禿頂上冒出了理智的鉛塊」。在他與朋友們相聚的時刻，在他忽然對什麼開始了期待的時刻，在他滔滔不絕地自白的時刻，胡寬的眼睛最容易充了電似地發光。而在平日無所事事的時刻，他的心情就罩上了一層灰色，那蓬亂的長髮和沒神的眼睛便讓我想起了他的枕頭和床單，想起了他多次對我說過的話，他說他心裡煩悶得常像早晨起來沒有刷牙的嘴一樣不是味道。他沒有特別的計劃，缺乏安排自己生活的能力，他的起居總讓人覺得雜亂無章。當他拉開抽屜找什麼東西的時候，你會看到裡面塞滿了雜物，有發霉的乾饃塊，有擠癟了的牙膏瓶，有紙張和散落其間的火柴棒。讀他那首無序膨脹起來的〈土撥鼠〉，我首先聯想到的就是他拉開抽屜找東西時的情景。

我不知道胡寬是否投過稿，我只知道那時候他的詩還沒有一行變成鉛字。當時我們幾個人的發表意識還很淡薄，因為我們覺得自己的稿子被接受的可能非常之小，而且我們也缺乏按照條條框框寫作的能力，我們只能滿足於圈內的傳閱。於是在聽音樂跳舞之外，我們也互相交流各自的作品。胡寬的詩，大家總是陸續地讀到新作。榮國也不甘心僅以繪畫見稱，他向我們出示他的流浪回憶錄草稿和憤世疾俗的小寓言集。蘆葦亮給我們的是長篇散文《騎馬醉行記》和可作電影劇本讀的小說《一天，二十四小時》。我提供給他們傳閱的是一厚本釘起來的稿紙《江南行》，還有寫滿了一個筆記本的《讀書觀影隨感錄》。我們都沒有過多考慮如何爭取發表的門道，我們還不太懂出名和掙稿費的好處，也沒有碰到必須在評定職稱的表格上填寫發表了什麼作品的壓力。總之，我們沒有任何要跟上大流的迫促之感，小圈子內的互相欣賞共建了家園般的安樂，努力寫詩的胡寬安於這樣的沙龍氣氛，他一點也不清楚當時詩壇上發生的事情。

胡寬從一開始就是一個孤單的夜行者，他始終滯留在詩壇的外層空間，在藝術的失重狀態下，他向他眼前空曠的白紙發出了沒有回音的信息。他噴吐著他的彌天的蛛網，卻從沒有確定把網結在什麼地方。

八二年的夏天，聽說從北京傳來了一種更出格的舞，含蓄的名字叫「兩步」，俗稱為「貼面舞」。因為這舞是嚴格地限於地下的，聽起來就頗為誘惑，令人好奇，於是我們幾個都有了躍躍欲試的意思。胡寬認識一位姓馬的女士，是個早已過了芳齡卻不甘寂寞的人物，我在胡寬處見過她一面，高挑個子燙髮頭，人很隨和，大家都習慣稱呼她老馬。經過了多次聯繫，有一天晚上，老馬把我們領到了一個陌生人家的五樓單元裡。我們進去的時候，主人已拆除了屋內的大床，專為我們的到來騰空了地方。只見天花板上吊一盞三瓦的日光燈管，熒光似地發出淡光，五男五女面面相對，幾乎都看不清對方面部的細微之處。正是大熱天，房子的門窗全部密閉，錄音機裡的音樂和腳步都儘量保持很低的聲音，好像公安局隨時會闖進來似的，每個人都保持了高度的警惕，連腳後跟也像是長了耳朵。我是生手，一開始和蘆葦還有點不好意思一馬當先，胡寬先踴躍摟住老馬給我們示範了一下，僵持的場面很快打破，大家都跟著一對一地跳了起來。

女士中我只認識老馬，就先由她給我啟蒙。她穿著高跟鞋，足有一米七〇以上，一伸雙臂，一下就勾住了我的脖子。我跟著箍住了她的腰。兩個人的身體立刻便拉得貼近了一些。老馬當老師，所以各方面都很主動，始終邊跳邊給我發指令。舞曲是緩慢的，說不上什麼節奏，那撕綢子一樣的聲音依稀散發出把我們的動作儘量向慢拖的力量。老馬的頭埋在我肩上，卷髮挨在我臉上，我們幾乎是原地踏步一樣扭擺起雙腿。應該說再沒有比這更好學的舞了，我想，只要是不反對和異性摟抱的人，都會很快掌握它的要領。我畢竟最高，還是能看清我們和他們跳舞的姿態，也因此有了從局外反觀的視角。我有點覺得自己好笑地想，我們這些虛擬的擁抱豈不像是溫柔僵持著的摔交。其實誰也不會摔倒誰，作這樣的姿態，只是為了通過跳舞把身體的貼近公開變為一種儀式。這樣，對舞者也就有了可以接受的擁抱方式，也就得以延遲著往下磨蹭了。我不由得閉上了眼睛。這時老馬教練一樣在我的耳根說著「慢……慢……」，她的催眠似的聲調把我的動作引向不斷的減緩，我已經不是在隨舞曲的節奏弓腿，而是隨她的屈伸而反應了。這時，她的雙臂像漸漸上緊的二胡弦，上得我們越貼越緊，幾乎快把她自己吊到了我的身上，我甚至可以感到她的腹部的輕微抽動。她的香水味與我們的汗味混在一起，令人感到黏糊糊的膩味，跳到我實在悶熱得透不過氣來的時候，我們才鬆開手，中斷了這場溫柔僵持的「摔交」。

不知道這類舞會他們還舉辦了多少次，我的興趣很快轉向了其他方面。一年之後，第一次清除精神污染在全國範圍展開，跳迪斯科和貼面舞之類的活動隨之也被列為打擊的對象。才活躍了一時的城市轉眼間讓警車的呼嘯搞得一片恐怖，大逮捕開始了。先是胡寬驚懼地給我們帶來老馬被捕的消息。接著蘆葦被叫到派出所問話，有去無返。同時榮國在聽到風聲不好的時候一走了之。留下了我和胡寬在恐懼中等待大禍臨頭。我們倆總算沒有被人咬了進去，但從此以後，我和他的交往便劃下了一條界線，那一度詩舞清狂的日子永遠告一段落，大家再次碰頭的時候，各人都有了不同的變化。

榮國在「西遊記」劇組作美工，避過了風頭才返回西安。蘆葦關押了一段時間，因病保釋回來，身體已經大傷了元氣。最令人難以置信的是，老馬竟以腐蝕青年、賣淫和流氓團伙首犯的罪名從嚴從快判了死刑，立即執行了槍決。朋友中凡認識老馬的，聽到了此事，無不疑懼驚恐之至。有一次我和胡寬在街上相遇，他霜打了一樣蔫不唧兒的，說話間下意識地四顧一下，然後才溜牆根站定，與我互道起一些最新的情況，他那不安的神色就像近處有誰在監視我們似的。

中國有句老話：「此一時也，彼一時也。」風頭過去之後，迪斯科很快在中國過頭而滑稽地普及開來，連幼兒園的舞蹈課，老人晨起在公園裡的鍛鍊，都傳染了那麼一種不太對勁的扭擺，種種時髦舞姿全都迪斯科化，迪斯科的風靡一時達到了五十年代扭秧歌的程度。「禁」好像成了「放」的過程中一個必要的環節，一種自嘲的反作用，每一次的緊張一旦鬆弛下來，被禁的東西就像有了抗藥性，都呈現出瘋長的趨勢。那些慣於排洋的國人就是這樣，他們只要在哪一方面開通地洋化起來，總免不了把事情搞得變本加厲，結果就弄出了很多過火而肉麻的洋相，讓人特倒胃口。而從此以後，我們這些過來人也就對迪斯科失去了興趣。如今卡拉OK歌舞廳和KTV包房已經蜂房般遍及九州的大小城鎮，跳舞——從迪斯科到摟得再緊也很平常的「兩步」——已經成為公開營業的娛樂，沒有人再會記起那些一鬆一緊中被揪出來的倒霉鬼們，也沒有人願意評說他們為娛樂的自由化曾付出的代價了。但寫到了這裡，我還是要順便表示，我對老馬的重判感到惋惜，我總覺得，不管她還犯有什麼我不知道的罪行，她無論如何也夠不上死罪，僅僅就跳舞這種事而言，她實在不見得比我們這些滑了過來的倖免者更「罪惡」多少。這五十年來，中國人經歷了太多的運動和反覆，政策性的所謂「從重從快」，不知枉殺了多少人頭。幸與不幸，你能同誰去論說！卡繆在他的小說《鼠疫》裡提到，鼠疫過去之後，奧蘭城內的幸存者為那些死於鼠疫的人立了一座紀念碑，以誌這些在鼠疫肆虐過程中的死者付出的犧牲。因為，就他們的生命曾填飽鼠疫的吞噬這一事實而言，他們的死亡是起到了將鼠疫拖垮的作用的。在那一次嚴打中，僅僅為跳舞而受到無辜打擊的人，以及其他連帶著受了過重懲罰的人，應該說，他們的犧牲都在一定的程度上為後來的變化鋪下了前進的墊腳石，儘管墊腳石永遠都被踏在腳下，永遠都被踏得很髒。

胡寬一直都是一個自居於邊緣的人物，他從開始寫詩就同當代新詩的走向極不合拍，他的默默無聞主要是他自我埋葬的結果。幾十年來的中國，變化多端的現實使得越來越多的人佔盡了機會的光，從做學問到做生意，你要是趕不上潮頭，就很難碰上出頭的一天。「何不策高足，先據要路津」，這兩句古詩確實精煉地概括了當代中國人的行動取向。因為這裡的世界已被大小權力劃分為不同的領地，只要你選擇了介入，你就得爭取捷足先登。這裡依然是一個團夥社會，你排不上那個隊，就入不了它的流。比如，一些人正好跟上了文學或政治的特殊上下文，即時地發表了有影響的作品，他們一下便敲開了文壇的大門，即使此後再沒有寫出更重要的東西，他們也可以旱澇保收地耕耘下去。一夥人自己成立了詩社，出了詩刊，發了宣言，立即便造成聲勢，被承認為某某詩派，從此他們就互相支撐著成了氣候。社會已經習慣了對既成的事實說算數，只要你擠了進來，就有人認你的賬；只要你登上了臺子，就可以從容地往下演。但你若被關在門外，始終只是個無名之輩，那就成了另一回事。就像漢代的一位儒生，他身上揣的竹簡始終找不到投獻的機會，三年下來，竟在懷裡磨滅了上面的字跡。

大多數讀者的眼睛還是只認變成了鉛字的詩行，像胡寬那些仍然是用鉛筆寫在稿紙上的作品，便只能供朋友們隨意翻翻，或被他殷勤送到某些剛結識的，但根本不懂得欣賞詩的女士手中，作為他自我的一個特殊補白引起了她們茫然的一瞥。西安的不少朋友後來都為胡寬在詩壇上的長期落寞甚感不平，但應該在此指出，這個遺憾基本是胡寬自己的選擇造成的。以發表為目的的作者都懂得如何在提筆前先給自己劃好框框，或在完稿後修改得無可指責，胡寬的寫作則只從他個人的經驗出發，只按照他自己習慣的方式說話，自然，他也就只能把他完成了的詩篇作為稿本堆積起來了。固窮得窮，又何怨焉。一個在西安編《當代青年》的朋友告訴我，胡寬生平僅在該刊上發表過一次作品。就連這唯一的一次，他說，還是通過了熟人的關係。

對一個詩人來說，不幸的事情也許並不是受到了同行之間的排斥，而是始終只聽到外行朋友不關痛癢的贊許。這樣的贊許聽多了會麻痺他寫作的自信，會使他在一種虛擬的光環下喪失自省，以致他沉溺於自己既成的表達方式，並把它風格化。而如果他有機會與其他寫詩的人交鋒，即使是他們之間文人相輕，也會有一定的從反面塑造他的效果。我覺得胡寬的困境在於他一直遊離在詩人群體之外，這使他錯失了交流和調整自己的機會，使他的幽閉狀態中儲備了過多從自我中心噴射的衝動，以致他的詩句總是毫無節制地鋪陳出扇面的堆積。他的寫作於是呈現了與他的生存境況同構的態勢，在他的不必經常上班的散漫生活中，寫詩成了他日常表達的一種慣性行動。他更多地仗了自己的才氣、激情和直覺，但在語言的控制、操作上卻少了必要的講究。因此，儘管他的筆下隨時都會流露出即興的妙語和俏皮話，但往往是噴吐的傾瀉淹沒了應有的斟酌，結果便讓隨意性太大的語言堆積物充斥了詩行。一方面，自言自語式的寫作縱容了胡寬在表達上的放任，另一方面，電影放映站的閒差則為他長期維持這樣的生活方式提供了牢靠的物質基礎。應該承認，社會主義的鐵飯碗雖然不夠豐厚，卻別有它養育悠閒和散漫的好處。胡寬若沒有他那個不必經常上班的工作，他就從根本上失去了悠遊歲月的空隙。很多舞墨弄文之士總喜歡埋怨這種體制埋沒了自己的文才或畫藝，其不知正是它的臃腫的存在豢養了他們非專業化的愛好。而等到鐵飯碗越來越靠不住的時候，自以為懷才不遇的文藝愛好者才會感受到真正的壓力。就在胡寬繼續增加其詩稿堆積的日子裡，生活已經迫使大批空談學問和藝術的人學起了實際的操作。我們幾個人不得不把自己的筆尖磨得更加專業化：我為了評上高級職稱埋頭寫我的詩詞研究專著；榮國辭職回家當繪畫個體戶，辛苦地賣畫蓋房；蘆葦也在實幹還是不幹的問題上感到了危機，於是他跟上名導演掙巴巴地寫起了電影劇本。幾年前交流手稿的情景已成為我們寫作歷程上幼稚的牧歌時代，大家好像都背叛了胡寬，都去研製為自己敲門的磚頭了。只剩下胡寬還在為詩稿的堆積寫作，但他後來都寫了些什麼，到底寫得怎樣，我親自見到的和從蘆葦處聽到的，就越來越少了。

蘆葦的劇本越寫越紅，人也越來越忙，他基本上成了旅館中包房的常住戶。榮國的畫銷路極好，他始終都在精力充沛地投入創作和經營。我是自覺缺乏在文化市場上競爭的能力，只好老實地做自己的學問，所以還能湊合著坐穩我的冷板凳。只有胡寬一直擺動在堆積詩稿與紛亂的交朋結友之間，常常無事空忙一場，到頭來多留下了對自己的不滿，正如他在自己的詩中所說：「長久的平庸生活／蓋滿了可悲的綠鏽」（〈圈套〉）；「我得承認，在諸多方面，在生活的舞臺上／我是一個失敗者……／幹起來也常常勞而無功，／並很難掩飾自己真實的面孔。」（〈同呼吸，共命運〉）胡寬並不是沒為自己的出頭做過努力，八八年他自費印了他的詩集《開山鼻祖》，還送給我一本，我曾表示要給他寫一篇評論，可惜並沒有把這個願望變成事實。《開山鼻祖》的印行幾乎沒有在當時引起什麼明顯的反響。他還和西安詩人伊沙結識了外語學院一個對中國文學感興趣的外籍教師，打算讓那個老外把他的詩譯介到國外。他滿懷希望給嚴力在美國主編的《一行》詩刊投過稿，可惜這個專為邊緣詩人開闢的園地也沒有理睬他寄去的作品。八九年春，我聽說他和幾個朋友在一起排演他寫的一個荒誕戲劇本，劇組的人常常為堅持各自的主意爭吵得一塌糊塗，後來由於學運的高漲，該劇最終也沒能正式上演。所有的路似乎全部堵死，任何努力都沒有反應，胡寬簡直像是在向一個聾啞的世界大聲自白。無名成了一層包裹著他的絕緣體，它隔絕了任何可能關注到這位詩人存在的光和熱。大約是九二年的初夏，我和胡寬在西安一次大型的詩歌朗誦會上相遇，我覺得我們已經變得比較陌生，彼此都失去了互相談論自己的衝動。胡寬的身上還能看出原來的大孩子氣，但歲月的侵蝕已使他天性中好熱鬧的興致凋謝了不少。面對一群高談闊論的年輕詩人，胡寬那種堅硬的落寞讓我想起了萊蒙托夫一首寫於舞會上的詩，想起了詩人面對「花花綠綠的一群」時的孤立和冷漠。

那大概是西安詩歌界最後的一次盛會，此後商品經濟的大潮鋪天蓋地而來，幾乎每一個中國人都自覺或被動地感到要趕快把錢賺到手。不但詩人的頭銜變得毫無誘惑，就連詩人自身也開始受到了越來越多的誘惑。胡寬還在寫詩，而同時也對文字上的下海動了利心，然後就跟著寫影視劇本賺了幾筆錢的林宇寫起了劇本。九四年初酷寒的一天，我在朱雀飯店的一間包房裡見到他們，他們正在合作寫一個關於古代長安的電視藝術專題片劇本。陝西電視臺的編輯請我來此審閱稿本，主要是讓我對劇本涉及到的背景知識提一些意見。我發現這個未定稿寫得粗糙而乏味，而且確實在歷史文化的知識上有些硬傷，因此就憑自己的直感提了一大堆他們顯然並不希望我說得太多的意見。他們當初約我去審稿本是出於找個熟人出來說句話的考慮，結果我卻貿然做了幾乎是砸鍋的事情。後來我有些後悔，覺得我肯定得罪了胡寬。再後來我又了解到胡寬要給單位分下來的房子交款，當時正等著用錢。詩人固然是插手了自己並不嫻熟的事情，但這樣的選擇也是出於無奈。有個朋友譏笑我在審稿之事上過分認真，他自以為很通達地提醒我說，「對本來就是庸俗的電視臺，你庸俗一下也許正符合他們的需要，誰要你出來唱高調管閒事呢。」不過胡寬並未因此事對我生氣，他並不是那種動不動就對別人耿耿於懷的人。那一年夏天我出國之前榮國為我餞行，他還特意趕來和我道別，我們三個人在一起喝了很多啤酒。沒想到這一次相聚竟成了最後的一次。

一九九六年夏，一個來美訪問的朋友從紐約打電話告訴我胡寬死了。一年半以後我收到了友人從西安寄來的《胡寬詩選》。詩選印得還算精美，是胡寬病故後西安的朋友們收集整理了他的遺稿，發動了三百來人捐錢集資出版的。斯人已去，如今面對他的終於變成了鉛字的作品，我覺得，我從前的願望也該到成為事實的時候了。這就是我終於提起筆寫這篇文章的動因。於是我帶著明確的目的細讀了選集中的詩作，至此我才初次對胡寬的詩歌寫作有了全面的了解。

胡寬是一九九五年十月三十日在浙江衢州因支氣管哮喘發作猝逝的。這個宿疾把胡寬折磨了一生，害得他在天氣的夾縫裡度日，害得他一年到頭離不開解喘的小噴霧器。有一次林宇問他發作時有多難受，他苦笑著說：「老兄，揍你多狠都可以忍受，可是掐住你的喉嚨，你想想絞索的魅力，哪怕它是絲綢的，儘管很溫柔。」這就是典型的胡寬表達方式，他總是善於用玩笑的口氣來訴說自己的痛苦。而正是這個生理的痛苦，不但構成了他日常生活的主要內容，而且內化了他的精神狀態，使他養成了寬解自己的特殊方式，最終也影響了他的詩歌創作。西安的詩評家沈奇極為精闢地向我提出了他對胡寬的評價，說「胡寬是一個被命運扼住了喉嚨的詩人」。沈奇的概括正好說中了詩人本人的感受，胡寬也在自己的詩中提到了這隻命運的「臭手」，描述它如何慢慢地捏住了自己的咽喉。他顯然已預感到它最後會置他於死地，同時，他在生活和寫作上也一直受制於這個妨礙他揚眉吐氣的致命力量，為了能讓自己不斷透出一口氣來，他就只好拼命地噴吐。哮喘就是他的命運的直喻，而寫詩在很大的程度上則成了抵抗命運，從窘境中暫時解脫出來的掙扎。對於胡寬，寫詩甚至可以被理解為文字上的咳痰，即通過語言的痙攣，把梗阻於胸的種種不適盡力傾吐出來，並把傾吐物唾向他所厭惡的事物。這樣的傾吐當然就不可能有什麼優美的抒情，明晰的沉思，或者能使中學生喜歡得抄到筆記本上的佳句。而能被吐出來的，大都是些生活中灰色的場景，一連串讓人皺眉的話語粘連。人的卑賤形象及其怪僻似乎成了詩人有意用他的詩行來誇示的諧趣。如〈黑屋〉一詩的人物要給他的墓誌刻上一句銘文，自稱「他是三雙舊皮鞋的收藏者」。他還「迎著朝霞便溺」，謳歌「陰溝裡美麗的泡沫，／留意生活中的雞毛蒜皮」。一首詩中的抒情自我欣賞蛔蟲「扭曲盤桓的身體」，欣慰自己「終於成為一個出色的鑒定陽萎的專家」。另一首詩中的抒情自我則叫嚷著「喝一口家鄉的洗腳水」和「擦鼻涕竟需要掌握訣竅」等極其猥瑣的事情。諸如「廁所裡洗淨的舌頭」，「陷入了濃痰的包圍之中」，「寫幾首／涮鍋水似的詩」之類的句子幾乎充斥詩頁，你越往下讀就越會覺得，儘量在詩行的空檔裡填補有骯髒感的特寫鏡頭，基本上是胡寬行文的一種嗜好。魯迅曾絕對排除了毛毛蟲和癩頭瘡被作為繪畫對象的資格，他那句話常被某些不容異端的批評家徵引，應該說，胡寬詩作的整體構思正好挑戰了這一傳統的美學，從而壘起了一種異質的詩歌醜學。對於不潔細節的掃描，他的確達到了「海畔有逐臭之夫」的程度。在驚訝他暴露這些生活潰瘍的勇氣之餘，我簡直很難想像，一個人何以會對他雕琢的垃圾拼貼有那麼持久的製作耐心。沈奇特別向我指出，胡寬在詩歌寫作上對其宿疾的唯一反抗就是不做任何限制，所以泥沙俱下的詩行成了胡寬大多數作品最刺眼的特徵。這不能不說是他的投稿一直很難被編輯大人們接受的一個主要原因。

胡寬的「土撥鼠」比達達派的語言鬧劇走得還遠，當「土撥鼠」被作為一個專橫的指稱，像詩人筆下的鉤子一樣隨意把任何脫口而出的話都勾到一起，拉扯成詩行的時候，它已經成為無所不指的空洞能指。就像尤奈斯庫荒誕戲中的那個“puss”，當它被作為指稱每一件事物的名字，它最終也就取消了這個世界固有的分別，把龐雜化為了單一。總之，「土撥鼠」成了一個滾動的支點，它承接了任何加在它頭上的東西，它的作用就是把一首詩的容量撐成什麼都可以拋入的字紙簍。我們知道，即使是現代主義的無序也自有其混亂的秩序，但胡寬的很多詩行卻處處奔瀉出話語失控的勢頭。如果說這是一種語言實驗，其宗旨是在探索漢語詩歌發展的可能性，我以為還有其應予理解之處。但胡寬的出格乃是他縱容寫作的隨意性和無限度地增加語言堆積的結果，你很難從中看出什麼清醒的藝術反叛，你能夠感到的，大約只是那個毫不顧忌地書寫下去的頑念在挑釁你作為一個普通讀者的承受能力。

胡詩的唯醜傾向並不是一個孤立的現象，也許可以把它與新時期的文學和影視有意追求的一種趣味聯繫在一起考慮。從電影上接二連三的撒尿鏡頭和媚俗地展覽過時的民俗，到尋根文學玩味赤貧、愚昧和殘忍，直到新寫實主義收集平庸生活中「一地雞毛」般的瑣碎，我們的某些作者似乎有了拾破爛和撿煤渣的愛好，讀他們的文字，有時會使我想起我小時候去西安八仙庵見到的景象。每到過廟會的時候，廟門外總是坐滿了形形色色的乞丐，有的缺胳膊少腿，有的裸露出膿瘡，有的用磚頭打破自己，弄得滿面流血，總之，種種畸形、殘廢和疾病的慘狀都被狂歡地展覽出來，競相比賽各自贏得施舍的能力。聯想到此類情景，我甚至懷疑，我們的文化裡似乎對人及其生活灰色和混濁的一面有某種傳統的偏好。特別是在今日文化失範的混亂局面中，在神聖和崇高早已被砸碎，而新的理想也紛紛破滅的情況下，肆意地褻瀆一切似乎已成為流行的姿態，正如五六十年代，大寫工農群眾的粗魯和沒有教養被提升到革命的高度，現在刻意榨取平庸和猥瑣的詩意，過多地羅列日常生活發霉和油滑的細節，也被賦予了深沉狀的「後現代」性。但我仍然很懷疑，當一個抒情主體與這個破碎的、薩特式「惡心」的世界作同構狀態的呈現時，這樣的作品會對生存狀況的不人道產生什麼批判的效果。在那些像曝曬臭鞋爛裹腳一樣曝光厭惡的景象中，我們看到的多為對厭惡本身的津津樂道，而非對它的厭惡。中國知識分子的群體前幾十年先是在政治壓力下受冷處理，這十幾年又在商品經濟狂潮中受熱處理，冷冷熱熱，所謂個人的尊嚴已剝落殆盡。自然，看透了一切的眼睛所見就無非X光下的骨頭架子或窺視孔中猥褻的畫面，對口吃的戲仿最終使自己真成了口吃者，起先是開褻瀆的玩笑，結果褻瀆成癖，以致沉溺於自瀆。自瀆乃是政治高壓的後遺症，從以前的自我檢討演變到今日的自瀆，只不過經過了「後現代」的包裝。自我檢討者在作人格嘔吐，自瀆者則把頻頻的嘔吐發展為一種風度，他們對酒糟的品味使我想起了魯迅兩句俏皮的諷刺：「紅腫之處，艷若桃花；糜爛之際，美如乳酪。」詩人崔衛平著文尖刻批判了詩人們「反日常的心理和情緒」，自瀆的確表現了這種潛藏在日常生活中的暗流更其庸俗的一面。

胡寬前期和中期很多詩篇在形式上最突出的一個特徵是大量堆砌排句，即把不同場景的上下文中剪下來的斷片沒完沒了地排列在一起，用量的膨脹來製造一種詩行自行增殖的效果。書寫的狂喜總是一發而不可收，如〈漂亮的幾聲吶喊〉等詩，其構思與造句的方式都讓人聯想到古代賦體文章那種聯類排比的鋪陳。在這首尋找黑夜的詩中，黑夜到底躲在哪裡，只是引起鋪陳的跳板，詩人的興趣僅在於，能從這一個圓心方便地扯出輻射線一樣密集的句子來。胡寬似乎有意要在他的詩中製造一個文字的卡通世界，他的核心的詩意是充分發掘物的諧趣，像馬雅科夫斯基筆下「穿褲子的雲」之類的意象那樣，胡寬的想像力最善於把屬人的特徵硬安到物的身上。他最常用的手法之一是讓物長上人的器官，比如：「咧開嘴巴的球鞋／伴隨我／反復吞吐著／地上的沙塵。」「椅子重重地／摔斷了胳膊／可能想領一張／殘廢優待證。」有「噙滿淚水的窗戶」，有「蒼老的屋檐下垂掛著透明的鬍鬚」，而櫥窗可以「牙床鬆動」，煙蒂可以「忽閃著小眼睛」，這種物與人的雜交幾乎是胡寬百玩不厭的造句練習。另一種手法是把人的活動強加給物，比如：「心力衰竭的枕頭／把多少鬼鬼祟祟的思想／裝進黑夜」。「深思熟慮的起重機／對中國的問題／非常苦惱」。所有被擬人的物全都以漫畫的形象出現，而人的不幸、無奈和尷尬一旦物化，便在胡寬的詩歌動畫片裡產生了特有的怪味。不管長篇還是短章，一首詩整體的詩意已不重要，物與人的嫁接隨時都使一行詩或幾行詩具備了在閱讀中被孤立欣賞的可能。這是一種狂想的夢境，夢中的形體往往是亦物亦人的，當詩人用「夢的工作」打通了物我的間隔，使物的世界在人的眼前活起來的時候，信手拈來的物象便方便充當了被嘲弄的角色。此外，胡寬詩中物質世界的人體化另有一固著的意向，就是往往有意無意地在物的「肉身」上突出性的意味。比如：「跳傘塔汗流浹背／用凸起的／性器官／招徠空中放逐的／肉塊。」「我窺視著／河流的臀部」。「椰林／鼓起了乾癟的乳房」。「我們可憐的太陽／得了難產症」。「蚊子張開了富有性感的嘴唇」。像鄉下人在地裡幹活最喜歡用性玩笑解乏一樣，在胡寬的詩中，作為他自己的思維慣性，對物的意淫已明顯構成了其滑稽「性」趣的主要因素。顯然，把外在世界扭曲成自己嗜好的殘廢狀態，把褻瀆的塗抹擴張到物，這和詩人對人的卑賤形象反復詠嘆的趣味是一致的和配套的。新時期詩歌嘗試了各個方面的探索，但缺乏對反諷和幽默的開拓，胡寬的詩歌的確在釀造這種怪味上付出了努力，可惜他把心思多用於「探尋理智渾濁的彼岸」，他的諧趣便很難超出玩笑的水平。因為，沒有節制的噴吐已把那諧趣應有的智慧和思想沖刷得所存無幾了。

就我個人的趣味來說，我喜歡詩選最前和最後的作品，特別是從一九九一年寫的〈驚厥〉到絕筆之作〈自虐者〉十幾首詩，從中可以感到他在生命和寫作上趨於成熟的聲音。太多的泥沙已噴吐得所剩無幾，詩人漸漸從「理智渾濁的彼岸」析出了思緒，他慢慢把目光轉向了自身。目睹著累累傷痕般的挫折，他有了爽然自失的感悟，玩笑已經開夠了，生存的寒傖迫使他咀嚼起自己的苦澀和悲涼。鋪排堆積的句式像大尾巴一樣被甩掉，敘事的成分和自傳色彩明顯地增強，在極盡褻瀆的能事之餘，詩人終於感到了玩弄噱頭的無趣，他開始調整自己的筆鋒，他把諧謔的著色對準了自我的內傷。〈黑屋〉講述了一個黑色的傷心羅曼史，你既可以把它看作詩人自己的懺悔錄，也可以從中讀出我們這一代人發酵的經驗。每一個人都有自己的黑屋，當你不具備起碼的自尊，也不懂得尊重別人的時候，一個私人的空間就變成了生活的黑屋。人固然不應該在被監視的狀況下生活，但人不能沒有一定的自律，人心裡少了一分神聖和潔淨，他在私下就會多一分黑暗，就足以產生黑屋效應，在門背後自我放縱起來。黑屋是一個把人的感覺拖向動物狀態的空間，當我們不必用眼睛分辨黑白和美醜，而只憑氣味和觸摸感受事物的時候，我們身上種種卑劣的癖性就會受到誘發。特別是男女的苟合，彼此只滿足用快感餵養對方，黑屋情境就會使你陷入瀆人與自瀆的泥潭。《中庸》曰：「小人閒居則為不善。」我們也可以說，人居黑屋則為非人。〈自虐者〉展現了胡寬的一種新嘗試，他顯然在該詩中探索如何把荒誕戲的動作納入詩意的敘事。襁褓中的小傢伙表現了一種搗蛋欲望，這也是胡詩的褻瀆意識一個構成部分。搗蛋欲望是不安於常規秩序的，似乎必須作一點小小的挑釁，惹出什麼事情來，生活才有了調料。一個搗蛋的自我眼中既無嚴父也無慈母，他更樂於在他們的眼皮下作犯規的小動作，越是被父母視為壞毛病的事情，就越對搗蛋的自我產生手癢般的吸引。〈自虐者〉有趣地呈現了逆返心理形成的戲劇化過程，對我們這一代被縛住了手腳的人來說，它也許可被當作一幕不幸的喜劇觀看。在小傢伙向左邊乳房進軍的延宕中，你也許可以看出自己在過慮的膽怯與背叛的鬼念頭錯綜中如何長大成人的蹤跡。

〈雪花飄飄〉無疑是胡寬寫的最好的一首詩，恐怕也是選集中少有的一個完篇。鳥之將死，其鳴也哀，胡寬似乎預感到了來日不多，他想在玩笑已經開得有些無聊的時候向這個世界作出和解的姿態。情緒的積食瀉淨了，思想終於睜開了明晰的眼睛。他仰望到了晶瑩的雪花，這「花的精靈，／浪的淚珠，／千萬簇神焰、億萬顆鬼火，／翻騰燃燒／在遼闊的海空化為灰燼。」雪花是來自天上的東西，它的視角終於使詩人從塵世的藩溷抽身出來，與習慣了的環境拉開了距離，有了一個鳥瞰的視野。「偶開天眼覷紅塵」，雪花給他指示出他的出處和歸宿，雪花讓他看清了自己從前的無謂和徒勞，雪花就是從他那些噴吐物昇華出來的涓滴，如今又悄悄落回重濁的土地。它不再加入什麼，也不再分辨什麼，它的使命就是無邊無際地覆蓋，落他個白茫茫大地真乾淨。雪花

掩埋了一切光榮、理想和罪惡。
飄舞的
雪花，
落在了生與死的界碑上，
落在了應該落和不應該落的地方。

雪花也掩埋了前此種種過量的語言堆積，成了詩人寫作上的自贖。〈雪花飄飄〉也可以被視為胡寬在死前的自祭。他已經活得很累，他身上過分延長的青春期也蒙了一層稀薄的世故，只是他學得還不到家，在眾多的得手者身後，他仍然遠遠掉在隊外。但是他已平和下來，他承認了存在的合理，他讓他的雪花填平了高低、凹凸和虛實。

只有他取笑痛苦的神氣還至死不衰，據說就在他病歿的那個晚上，護士問他何以四十多歲還未結婚，他幽默地回答：「你該知道這哮喘，連和女人接吻也會窒息。」他的無意識中始終冒出戲謔的詭思，連走向死亡也似乎在同西安的親友開了一個玩笑。他跑到幾千里外死在一個簡陋的外縣醫院中，給熱中搞喪葬活動的哥兒們留下了不辭而別的脊背。那身影聳聳肩膀，蟬蛻一樣脫棄了他的臭皮囊，踏上了永不回頭的去路。當誠心出於親情友情的送葬者把哀悼弄得走了樣的時候，當他們聚集在一起辦喪事辦出了他們之間的是非恩怨，以致爭奪起哀悼特權的時候，當詩人之死給喜歡吹泡泡的親友撇下了一片可以意測而填的空白的時候，他的調皮的詩魂早已雪花飄飄般如凝如消，與人間的喜怒哀樂斷了緣分，他帶著遊戲的好奇，對剛剛降臨的死亡滿懷新鮮的感覺：

你的身影
晶瑩剔透，出現在街市上，
叼著雪茄煙
握緊的拳頭，從衣袖裡悄然滑出，
「我們都是神槍手。」

你反復吟唱，暗自慶幸，
駐足觀望，
沒有一張陌生的面龐！

老孫家

四方的飯菜不只風味各異，就連盛食的器具也各具形態，差別極大。比如廣東的早茶，一律都是小籠小碟送上來，好像小孩子玩「過家家」的吃飯遊戲，面對要下箸的東西，你會突然覺得自己變得鳥口而雞腸，不由得細嚼細嚥起來。而吃西安的泡饃卻正好相反，你幾乎總會面臨增加飯量的挑戰，因為不管男女老少，給你端上來的都是耀州窯裡燒出來的大老碗。那碗口廣而沿深，大得足以扣到你的頭頂當帽子戴。大碗盛飯，這向來都是西安泡饃的傳統吃法，它看起來開胃，吃下去耐饑，也讓人想起了以一個人的食量來衡量其體力的粗豪古風。泡饃確實是果腹之食，是最適合出力的漢子大嚼上一頓的好飯。

西安的泡饃種類繁多，從紅肉煮饃到葫蘆頭，從水盆羊肉到羊雜羔，其中最負盛名而流行甚廣者，當首推牛羊肉泡饃。而提起了牛羊肉泡饃，西安人自然會想到「老孫家」這個響噹噹的老字號。五十年代初，我家住在開通巷，步行五六分鐘，就是端履門口。得了這地利之便，愛吃泡饃的父親便常帶著我走進路口上那個轉角樓，去吃老孫家的泡饃。那時候下館子的人遠沒有今天這麼眾多，踏著那有點咯吱的木樓梯，走上設有雅座的二樓，四方的木桌總是收拾得乾淨而清雅。樓下的爐灶旁，一個站著的夥計使勁拉著巨大的風箱，每鼓一下風，爐口就噴出一股紅火。隨著服務員高喊出「二位」的聲音，藍花的白瓷大碗和飥飥饃就送了上來。接著是下飯的小菜：一碟糖蒜，一碟調了香油的辣子醬。然後會讓你自己選肉，或牛肉，或羊肉，或肥的，或瘦的，都按你點的切成薄片放入小碟，扣到你掰好的饃上。硬麵的飥飥白生生的，有一種烙餅自身的香味，一般只烙到七八成熟，這樣才耐得住大火猛煮。掰饃更有特別的講究，就是要掰得越小越好。像父親這樣的老吃家，差不多都有驚人的耐心，而且指頭上頗有功夫，善於把堅硬的飥飥一點一點掰開，掰得細碎均勻，像半粒花生米一樣堆積在碗中。據說，這樣的饃煮起來才能入味，而掌瓢的一見碗裡的饃掰得如此精緻，便知你是行家，就會特意給你用心烹調。因此，饃掰的好壞與否便成了一個人會不會吃泡饃的標誌，掰饃於是被視為吃泡饃者不可馬虎的修養。不少老吃家甚至常在家裡把饃預先掰好，用乾淨的手帕兜上，像是帶著自己的作品來泡饃館清晨就餐。服務員也有他拿手的絕技，他們往往好把五六個滿裝碎饃的大碗一個個摞起來，玩雜技似地一手托起，高高地送入廚房烹煮。等饃煮好了，再一碗碗端回。不管有多少顧客等，你肯定吃的是你親手掰的飥飥，這一點絕不會出什麼差錯。

不知是舊時的食物和手藝均優於今日，還是小孩子舌尖上的味蕾發達，對美味更為敏感，我總覺得那時候的羊肉泡比後來的好吃得多。那時候的物價特別便宜，生意也做得比現在老實。碗裡的肉塊肥瘦相間，有紅有白，夾起來爛酥而不散，吃起來爽口而不膩。父親的饃掰得特別細小，他總是讓廚師給他來半碗「乾泡」，原質的肉湯濃縮成稠汁，碎饃像勾了芡一樣粘在一起，可以用筷子撮起來直接送到口中。我的饃都掰得太大，煮出來就比較稀，饃都淹在湯裡，所謂「水圍城」是也。就這樣我連吃帶喝，一大碗下肚，便吃得滿頭大汗，肚子發脹，回到家不斷喝水，上午一餐，竟撐到天黑也不覺得腹饑。

後來，各行各業紛紛公私合營，街上的老店一夜間都變成了合作食堂，舊字號遂慢慢失去它固有的魅力和信用。特別像羊肉泡這樣本來就比較大眾化的飲食，隨著其經營日益向快餐的方向發展，在總是擠滿了顧客的泡饃館裡，就再也找不到昔日清雅的環境和那些別有一番講究的美食情趣了。再往後，我自己也被迫離開了城市，在灃河邊的一個村子落戶當了農民。常常是在寒冷的農閒季節，和村民們拉上架子車搞長途運輸的時候，泡饃館便成了我們最經濟實惠的選擇。我們的車上拉的都是重東西，或預製樓板，或磚瓦鋼筋，屁股撅起臉朝地的拉著，每向前曳一步都要往地上灑幾滴汗水。幹這樣重的牛馬活自然得給肚子裡大碗填飯，有時碰到一身大汗出過，腹空腿軟頭發昏的時候，我們就走進廉價的泡饃館，要上四五個飥飥泡他一頓。大家都是粗人，誰也沒功夫仔細地掰饃，都儘管讓指頭大的饃塊在碗裡壘得冒尖高，端上來只顧狼吞虎嚥往飽咥。此時的吃泡饃已不是品嘗美味的享受，而更像是給身體添加燃料的舉動。等把肚子填飽，渾身發熱，又有了勁頭，我們就把自己套到轅上繼續拉車了。村民們常說：「人是鐵，飯是鋼，一頓不吃心發慌。」堅硬的泡饃的確堪稱為「鋼飯」，在我當年拉車的漫漫長途上，不知道有多少大碗的泡饃就這樣消化在筋肉勞累的摩擦中了。

許多年過去了，每當這異國的移居生活過得有點單調，而西餐又吃得人甚感乏味時，我就想起了羊肉泡。羊肉泡代表了我想像中的西安飲食，它已成了那裡種種小吃的總和，在我思念中內化為一種持續釀造著的回味。記得我在寫給一個朋友的信中說過，我有一個最大的願望，就是一回到西安便去老孫家泡他一頓。不久以前，我回了一趟西安，到家的第二天就和弟弟去了老孫家。老孫家還在東大街和端履門的拐角上，但修建得比從前富麗堂皇多了。坐在二樓上賣優質泡饃的餐廳內，幾乎有置身宮殿的感覺。現在的世事在一個更高的層次上又向過去返回，老字號重新受到推崇，各種服務按收費的高低拉開了檔次，消費者又被鼓勵用錢去買更高級的享受了。你不想在擁擠的餐桌間等候，那就多花錢去進清靜的包房，去那裡講究你的美食情趣。服務業從一度的限制需求轉向了刺激和製造需求，地方風味的小吃被作為民俗文化大搞起來，全民似乎都熱中於講究吃喝了。來到中國，你可以抱怨在那裡忍受的無數不便，但你不能不承認，天下之大，要論飲食，還是吃在中國好。幾天之後，我同幾個電視劇「水滸」劇組的朋友去了東門外新開張的老孫家分店，那裡的規模更大，品類更多，在號稱「西部小吃城」的大廈內，圍繞著羊肉泡，推出了很多新的舊的回民小吃。「水滸」剛開始播出，劇組的人吃興正濃，我們的桌子上擺滿了叫來的東西。這使我的味覺和胃口承受了過量的供應，太多的碟碗已看得我不知該在哪裡下筷子了。人的肚子畢竟有限，把席面搞得太豐盛也許並不是多麼聰明的吃法，總之，西安的「泡饃之行」至此可謂達到了高潮。然而，當我向五舅提起幾天來的經歷，並津津樂道「老孫家」時，他卻說正宗的老孫家另有所在，他要帶我去做一次老孫家的尋根之遊。因而吃泡饃的事雖已達高潮，說泡饃的事卻緊接著又蕩起了一層波瀾。

「還記得我的中學同學孫義軒嗎？」當我們乘車向城北馳去時，五舅問起了我。我慢慢地想起了他，就是當年那個老孫家的大兒子。我們在龍首村下車，走進了孫義軒新開的「清真老孫家飯莊」。喝著熱稠酒，我們三個就談起了老孫家泡饃館的前前後後。孫義軒四十年前的樣子，我是一點也想不起來了，但一搭眼還能看出他那西安回民的突出特徵：在凸起的眉稜骨上長了兩道濃眉。他給我講了老孫家牛羊肉泡饃的創業史。說起來已是百年前的事情，那時在西安流行的多為水盆羊肉，即喝著大碗的羊肉湯吃熱飥飥饃，燴煮的吃法還沒有興起，只是到了孫氏三兄弟的手中，才首創了用肉湯煮饃的吃法。他們於一八九八年在西安城內設立「老孫家」飯莊，開始了新的經營。後來經過孫氏第二代傳人孫萬年的發展，建立了從煮肉到烙饃一整套操作系統，才形成了獨具風味的牛羊肉泡饃。一九五六年，孫萬年的舊店被迫公私合營，老孫家的產業和字號遂為國營店所有，孫萬年也在歷盡風雨後病逝。身為孫氏第三代傳人的孫義軒面有憂慮地告訴我，現在他欲繼承父業，趁新政策之風大幹上一場，卻碰到了接二連三的干擾。在使用「老孫家」這個著名字號的問題上，佔據飯館原址的國營店多次找他的麻煩，想把他壓下去。他們害怕他這個嫡傳子孫把事業搞大，影響了他們的生意，於是就仗著公家的勢力，讓管理局派人來威逼他放棄使用「老孫家」這個字號。孫義軒氣憤地說：「我姓孫的都不能以『老孫家』自稱，難道要禁止我姓孫不成！」接著他又幽默地告訴我，他答應他們放棄「老孫家」這個牌子，但他們得想辦法到公安局把他家的姓改了。管理局的人最終對他無奈。不管怎麼說，畢竟今天的中國已發生了很大的變化，公家一手遮天的局面再也維持不下去了。公家的人儘管還能靠手裡的權行其霸道，但個體小戶也有他據理力爭的餘地，只要他有他的實力，打通他的渠道，他就能贏得競爭的條件，有可能闖出一條自立的路。孫義軒告訴我們，最近他已經合法登記了「老孫家」的字號，而今年正逢「老孫家」開店一百週年，如此良機，他絕不能錯失，再難也得努力經營下去。

又是一碗羊肉泡下肚，走出孫家的新店，我和五舅暢談這些年來發生的變化。北郊的街道比從前開闊多了，破舊的平房和新建的高樓錯落在一起，與冬日灰暗的天色交織成一片雜亂而蒼茫蠢動的圖景。今日的中國正在經歷著一個艱難的社會還原過程，當年廢私立公的革命之舉曾是迅疾而有效的，但如今要從公有制的僵局撤退出來，再返回已砸爛的私有制攤子，其間卻有難以預見的千難萬阻。寄生在公有制上的既得利益者比比皆是也，個體經營者不得不穿越雙軌並存下的灰色地帶，去耐心地發展自己的力量。孫義軒遠離鬧市，把他的泡饃建立在北郊，雖係形勢所迫，也未嘗不是一個更有眼光的選擇。龍首村之地乃隋唐皇城的舊地，它背渭水而面終南，是俯視長安城區的制高點。新修的高速公路從這裡通向咸陽的國際機場，未來的繁榮已經在這一帶綻開了振興的氣勢。我祝願孫家的新店迅速打開局面，更祝願千千萬這樣的個體店鋪不斷壯大起來。

休說鱸魚堪膾

口味都是從小養成的，好比樹木紮根什麼樣的水土就有什麼樣的習性，你生長在哪裡，吃慣了哪裡的飯菜，你就養成了哪裡的口味。口味整個地溶解在一個人的血肉中，它本能地決定你能不能或要不要吃什麼東西，靈敏地牽動使你開胃或讓你噁心的神經。它雖然後天形成，但在形成的過程中，它已經文化地塑造了一個人的味覺。我們活在各自的口味中，口味滋養著我們的胃口，同時也限制著我們在飲食上的選擇。既定的口味類似既定的方言母語，它在某種程度上已成為你的自我的一個構成部分，一旦你去國離鄉，突然置身異域的飲食環境，那種難以適應的困苦大約就像樹木的移根另栽。

自古以來，華夏文明在飲食上的自我中心意識似乎特別濃厚，如以熟食和生食或穀食和肉食作為夷夏之分的標準，把海邊的魚腥和草原上的羊羶都貶為野蠻的口味。像李陵和烏孫公主這些羈身塞外的漢人，在詩文中就把吃羊肉和喝奶酪描述成受罪的事情；而提起故鄉的食物，從古到今的文學作品總是賦予它永恆回味的詩意。我們往往拖著自己口味的負擔離家遠去，在艱辛的文化磨合中度過移居的生活。特別是住在國外，那裡的口味就像那裡的語言一樣把你死死地隔在感受的鐵門檻之外。感受不同於常識，常識可以通過理解重建，感受則是官能的事情，你的意志可以讓你吃下味同嚼蠟的東西，卻不能迫使你從那「蠟味」中品出甘美來。感受的隔膜常常使你深陷陌生的境況，使你遭受一種身在別處而魂繫故鄉的分裂。

我自己就常在這樣的分裂感中度日，人雖出了國，口卻享不了洋福，種種不適，只因頑固的口味在從中作梗。我與西餐的無緣首先應歸咎於我受不了它的兩大美味，我不喜歡巧克力和起司，任何食物，只要嘗出了這兩種味的嫌疑，我的味覺立刻就會產生排斥的反應。在國內，牛奶一般都煮熟了喝，滾燙的奶倒在碗裡會結上一層皮，喝到嘴裡就奶香熱溢，讓人感受到早晨的美好。相比之下，美國的脫脂冷牛奶倒入杯子便顯得稀薄而寡味，端起冰冷的杯子，我總是不由得想起刷牆的石灰水來。義大利麵食也讓人望而生畏，那些拌了西紅柿醬和奶酪的Pasta堆積在大盤中，看起來活像沾滿了油漆的塑料管。與我從前在西安吃過的燒雞相比，這裡快餐店的油炸雞吃起來好似在咬棉花包。而張開吃慣了醬牛肉的嘴去品嘗牛排，簡直就像啃了一塊皮鞋底子。每一次去西餐館吃飯，拿起了滿是義大利文的菜單，我都得讓自己鼓起勇氣，隨便點上一份，以求碰個運氣。可惜端上來一吃，大都不太理想。就這樣，吃的次數多了，雖然仍談不上多麼可口，但慢慢也就不再像一開始那樣難以容忍。有時候我也去一些中餐館吃我更習慣吃的飯菜，但去的次數多了，又發現這些美式的中餐似是而非，並不地道，經營者為了迎合美國顧客的口味，實際上已經對他們所供應的飯菜做了一定的改造。日子久了，連本地那些屈指可數的中餐館亦逐漸失去了吸引。每當我走過城市的大街小巷，常常都有一種沒什麼飯館可去的感覺。最後，要滿足自己的口味似乎只剩下了一個途徑，那就是在想像中回味從前吃過的東西。

那些在從前並不多麼令人貪饞的故鄉食物，如今竟然因為距離的拉遠都讓我備感思念，越是普通的、小時候常吃的食物，越是與某些熟悉的街道或飯館有關聯的食物，便越讓我回味無窮。其實我嘴既不饞，腹亦不飢，我的饞和飢全起於對遠方的妄想，是頑固的口味給我導演了這些深情的回憶。有時候，我會向妻子或來此看望我們的母親提起某個早已被人忘記的食物，並津津樂道其可口之處，對於我這樣瑣碎的飲食懷舊情，她們都感到莫名其妙。我甚至在神遊中反覆走過西安一條有名的飲食街，挨個到不同的攤子上品嘗各種食物。

終於在不久之前，我夢寐以求的飲食之遊變成了現實，回西安住了半個多月，我特意去了鼓樓內的回民夜市。這裡是城內最乾淨的夜市，青磚鋪地的人行道擺滿了飲食攤點，雖然是臘月的晚上，在華燈與爐火的輝映下，坐在露天下吃喝一點都不覺得寒冷。為了能吃到更多的花樣，我各種食品都嚐它一點兒，從烤羊肉串到灌湯包子，從黃桂柿子餅到八寶醪糟，就像吃自助餐那樣，我整條街地吃了下去，一直吃到不能再多吃一口。然而我驚奇地發覺，吃到口中的故鄉食物似乎都比較平淡，我的舌頭好像長了太厚的舌苔，記憶中的美味，小時候吃下這些東西時的那種饞勁，如今都在我的口中大大地打了折扣。我後來還去了不同的地方，吃了更多的風味小吃，但始終都沒找回我企圖再次領略的感覺。我對我變得遲鈍的味覺感到失望。在親友的眼中，我還是我，只有我自己發覺，實際上我已不完全是從前的我了。

我不能不面對已發生的變化，並思考它的意義。這就是我目前的狀況：儘管我並未接受異國的口味，但我原來的口味已有了一定的變質。變了質的口味不西不中，處於口味上的漂流狀態，於是我就憑自己的想像給過去的飲食經歷加鹽加醋，把眼前的日常飲食反襯得十分乏味。回鄉欲一飽口福的經驗試劑一樣驗證了我身上發生的變化，我無可奈何地看到，移居生活已經暗中偷換了我的自我的構成，種種一心想要重溫的舊夢顯然是不可逆返地褪色了。失望產生了消解的作用，也促使了我的省思，往昔的營養的確不足以餵養我們當前的生活，人也不可能日日頓頓保持美食佳餚的快感。古人味無味於平淡的心態也許更為現實，因為要養育我們的口味，最可靠的還是平日的粗茶淡飯。

美人頭上的蝨子

在正常的情況下，一個人的成名乃是他／她的成就贏得的應有認可和讚許。所謂鐘在寺裡，聲在寺外，你發出了甚麼樣的聲音，就自然會有甚麼樣的回響。但並不是所有的名人都如我們這些接受傳媒的公眾所想像的那樣喜歡出名。名有名累，名聲常常給名人帶來過多的不便，甚至成了使他們恐懼的陷阱。人未出名時也許會對名人有或多或少的豔羨，及至自己功成名就，有時候才驚悟到名聲原來是一個具有異己性質的東西：一旦蜚聲，名就會外在於人。

我們的世界基本上是一個充滿了不確切的信號的世界，浮名虛榮總是如沙石一樣裹挾著貨真價實的稀有金屬。永遠都會有一些沒有能力靠自己的成就去贏得認可和讚許的人物，但他們渴望出名，其廁身名流的渠道之一便是攀附名人，把自己的名心寄生在為名人揚名之上。當然，我們絕不能一概而論地譏彈人家評名作而寫名人。名作如林，名人如雲，偶然有感於懷，有遇而交，自然不可不訴之筆端，此類傳播學術風範和刻摹智者風貌的文字當然有益於世。但追逐名人之輩不在此列。被採訪的名人往往是他們漁名事業的靶子，他們既不在乎人家樂意不樂意被寫，也不考慮自己理解不理解其人其文，反正論資排輩的名單已經內定於心，你一下子被他們的殷切好意推到了前臺，就不得不硬著頭皮扮起被派定的角色。推託吧，是否會有擺架子的嫌疑，或引起以自己的冷屁股回人熱臉蛋的惡感？於是只得勉強奉陪下去，像被拉客似地偎入了隔膜的溢美懷抱，或者慢慢聽軟了耳朵，終於習慣了讚揚，也就容忍了勾引和月光效應的關係。或者良知不泯，在敏感到某些肉麻而俗氣的描述後頓起落套失身之感。不管怎麼樣，寫與被寫的關係一經發生，漁名的事業便告完成。黑字寫在了白紙上。漁名者爬上了名人的肩膀，他們散布著經過調味的名人言行，把他們自己嗜好的腔調、姿態和魅力添加到了大眾趣味的拼盤中。

名人就這樣在名聲的傳播中走了樣，彷彿破裂千片萬片的鏡子，每一星玻璃渣子上都映現出漁名者得意的臉。

這使我想起了雲髻峨峨或長髮披肩的美人。頭髮的濃密厚膩本是美人的美質之所在，詎料也為蝨子的生息提供了方便。蝨子吸血自肥，分享蘭膏芳澤，在華麗的深處秘密地咂吮和排泄，不時害得美人頭皮發癢。而美人則由於怕把自己搔得首如飛蓬，以免被發覺身為蟣蝨的寄主，也就只好隱忍一下小小的不適。有甚麼辦法。你縱不願與漁名者同謀，畢竟，面對熱得火辣辣的纏磨，還是怕傷了一團的和氣。

昆德拉好像在哪裡說過，人間世其實是一個笑話。那麼，人何苦要把自己搞得那樣煞有介事的呢？一笑。

後記

康正果

我在國內很少寫此類短文。整個人連根紮在那裡，你很難把自己拔出來，心平氣和地去看周圍發生的事情。

當學生的時候讀書習作，我走的是做學問的路子，後來到西安的一所大學教書，課時不多，課也好上，課餘的時間就搞起了研究。在學校裡評職稱得發表點學術論文，周圍的朋友那時候也都在努力出書，我便半做實際的打算，半懷學術的雄心，趁熱打鐵，加把勁兒寫了些文學研究的專著。寫這些東西迫使我讀了很多書，也算是練出了筆鋒，惟獨那個教授職稱弄到底沒有混上。接著就碰上了出國的機會，我乾脆攜妻帶子，舉家走出了國門。出來後我在美國的大學裡教學生學習中文，這種教職不需要美國的博士學歷，自然就和當教授那條路再不發生關係。在我來說，這一步可謂走得身心乾淨，一則從此走出了那個體制，二則不用為評什麼職稱再費心寫那些像大尾巴一樣帶上一串腳注的文字。這裡的教學工作可不像在國內那樣閒散，實際上在教書的日子裡，根本沒有太多的時間能讓你持續坐下來寫大本的專著。我只能隨時抓住分散的空閒寫點日常隨感，記一些鮮活的印象，幾年下來，就積成了這本集子。

人到中年而移居異國，事事都不容易。好在我從前受過了夠多的折騰，如今縱有諸多不適應的苦況，也不至嚴重到鄉愁滿懷的地步。活下去總得經歷不同的事情，不管它是苦是甘，只要所經所歷者還可觀可寫，就都是樂事，也就有了活頭。活在陌生的世界裡，雖免不了無奈的隔膜，但同時也有新奇的刺激，能讓你不斷生出想訴諸筆端的感悟。既然已越過了邊界，何不趁新鮮感還很敏銳，儘量去左尋右覓，東張西望呢。走下去總會有發現，想發現就俯拾即是。當年在資料堆裡苦鑽研的時候，我真沒想到這枝筆揮灑到後來，竟寫到了書本之外。

如今是多媒體和跨學科雜交繁衍的時代，無論學術還是文學，要絕對地純下去，恐怕都很難了。學術和非學術，文學和非文學，虛構和非虛構，其間的界線不但變得模糊起來，而且正在互相交織和重疊，生出了更為駁雜的文本。也許正是基於這樣的文化語境，我從前的論文常寫得不夠學院，現在轉而寫散文，可能又會寫得不太文學。

畢竟都挺過來了，過去的經驗不盡是痛苦的記憶，它也化成了心智的營養。就讓往事都慢慢燒成遺忘的灰燼吧，只要生命的火能延續下去，照亮我們的前路。那一年過年有位友人從加州寫信給我問好，記得信上的贈言是一聯東坡的詩句：「休對故人思故國，且將新火試新茶。」現在，我把這兩句詩再抄出來與友人共勉，也與更多的異鄉人共勉。

一九九八年十一月八日

三民叢刊書目

①邁向已開發國家 孫　震著
②經濟發展啟示錄 于宗先著
③中國文學講話 王更生著
④紅樓夢新解 潘重規著
⑤紅樓夢新辨 潘重規著
⑥自由與權威 周陽山著
⑦勇往直前 石永貴著
・傳播經營札記
⑧細微的一炷香 劉紹銘著
⑨文與情 琦　君著
⑩在我們的時代 周志文著
⑪中央社的故事（上） 周培敬著
・民國二十一年至六十一年
⑫中央社的故事（下） 周培敬著
・民國二十一年至六十一年
⑬梭羅與中國 陳長房著
⑭時代邊緣之聲 龔鵬程著
⑮紅學六十年 潘重規著
⑯解咒與立法 勞思光著
⑰對不起，借過一下 水　晶著
⑱解體分裂的年代 楊　渡著
⑲德國在那裏？（政治、經濟） 郭恆鈺 許琳菲等著
・聯邦德國四十年
⑳德國在那裏？（文化、統一） 郭恆鈺 許琳菲等著
・聯邦德國四十年
㉑浮生九四 蘇雪林著
・雪林回憶錄
㉒海天集 莊信正著
㉓日本式心靈 李永熾著
・文化與社會散論
㉔臺灣文學風貌 李瑞騰著
㉕干儛集 黃翰荻著

㉖作家與作品　謝冰瑩著
㉗冰瑩書信　謝冰瑩著
㉘冰瑩遊記　謝冰瑩著
㉙冰瑩憶往　謝冰瑩著
㉚冰瑩懷舊　謝冰瑩著
㉛與世界文壇對話　鄭樹森著
㉜捉狂下的興嘆　南方朔著
㉝猶記風吹水上鱗
・錢穆與現代中國學術　余英時著
㉞形象與言語
・西方現代藝術評論文集　李明明著
㉟紅學論集　潘重規著
㊱憂鬱與狂熱　孫瑋芒著
㊲黃昏過客　沙　究著
㊳帶詩蹺課去　徐望雲著
㊴走出銅像國　龔鵬程著
㊵伴我半世紀的那把琴　鄧昌國著
㊶深層思考與思考深層
・轉型期國際政治的觀察　劉必榮著
㊷瞬　間　周志文著
㊸兩岸迷宮遊戲　楊　渡著
㊹德國問題與歐洲秩序　彭滂沱著
㊺文學關懷　李瑞騰著
㊻未能忘情　劉紹銘著
㊼發展路上艱難多　孫　震著
㊽胡適叢論　周質平著
㊾水與水神
・中國的民俗與人文　王孝廉著
㊿由英雄的人到人的泯滅
・法國當代文學論集　金恆杰著
51重商主義的窘境　賴建誠著
52中國文化與現代變遷　余英時著
53橡溪雜拾　思　果著
54統一後的德國　郭恆鈺主編
55愛廬談文學　黃永武著
56南十字星座　呂大明著
57重疊的足跡　韓　秀著
58書鄉長短調　黃碧端著
59愛情・仇恨・政治
・漢姆雷特專論及其他　朱立民著

⑥⓪蝴蝶球傳奇　顏匯增著
・真實與虛構
⑥①文化啓示錄　南方朔著
⑥②日本這個國家　章陸著
⑥③在沉寂與鼎沸之間　黃碧端著
⑥④民主與兩岸動向　余英時著
⑥⑤靈魂的按摩　劉紹銘著
⑥⑥迎向眾聲　向陽著
・八〇年代臺灣文化情境觀察
⑥⑦蛻變中的臺灣經濟　于宗先著
⑥⑧從現代到當代　鄭樹森著
⑥⑨嚴肅的遊戲　楊錦郁著
・當代文藝訪談錄
⑦⓪甜鹹酸梅　向明著
⑦①楓香　黃國彬著
⑦②日本深層　齊濤著
⑦③美麗的負荷　封德屏著
⑦④現代文明的隱者　周陽山著
⑦⑤煙火與噴泉　白靈著
⑦⑥七十浮跡　項退結著
・生活體驗與思考
⑦⑦永恆的彩虹　小民著
⑦⑧情繫一環　梁錫華著
⑦⑨遠山一抹　思果著
⑧⓪尋找希望的星空　呂大明著
⑧①領養一株雲杉　黃文範著
⑧②浮世情懷　劉安諾著
⑧③天涯長青　趙淑俠著
⑧④文學札記　黃國彬著
⑧⑤訪草（第一卷）　陳冠學著
⑧⑥藍色的斷想　陳冠學著
・孤獨者隨想錄
⑧⑦追不回的永恆　彭歌著
A・B・C全卷
⑧⑧紫水晶戒指　小民著
⑧⑨心路的嬉逐　劉延湘著
⑨⓪情書外一章　韓秀著
⑨①情到深處　簡宛著
⑨②父女對話　陳冠學著

93	陳冲前傳	嚴歌苓著
94	面壁笑人類	祖　慰著
95	不老的詩心	夏鐵肩著
96	雲霧之國	合山　究著
97	北京城不是一天造成的	喜　樂著
98	兩城憶往	楊孔鑫著
99	詩情與俠骨	莊　因著
100	文化脈動	張　錯著
101	桑樹下	繆天華著
102	牛頓來訪	石家興著
103	深情回眸	鮑曉暉著
104	新詩補給站	渡　也著
105	鳳凰遊	李元洛著
106	文學人語	高大鵬著
107	養狗政治學	鄭赤琰著
108	烟　塵	姜　穆著
109	河　宴	鍾怡雯著
110	滬上春秋	章念馳著
111	愛廬談心事	黃永武著
112	吹不散的人影	高大鵬著
113	草鞋權貴	嚴歌苓著
114	是我們改變了世界	張　放著
115	夢裡有隻小小船	夏小舟著
116	狂歡與破碎	林幸謙著
117	哲學思考漫步	劉述先著
118	說　涼	水　晶著
119	紅樓鐘聲	王熙元著
120	寒冬聽天方夜譚	保　真著
121	儒林新誌	周質平著
122	流水無歸程	白　樺著
123	偷窺天國	劉紹銘著
124	倒淌河	嚴歌苓著
125	尋覓畫家步履	陳其茂著
126	古典與現實之間	杜正勝著
127	釣魚臺畔過客	彭　歌著
128	古典到現代	張　健著
129	帶鞍的鹿	虹　影著
130	人文之旅	葉海煙著

131 生肖與童年　小民著　喜樂圖
132 京都一年　林文月著
133 山水與古典　林文月著
134 冬天黃昏的風笛　呂大明著
135 心靈的花朵　戚宜君著
136 親　戚　韓　秀著
137 清詞選講　葉嘉瑩著
138 迦陵談詞　葉嘉瑩著
139 神　樹　鄭　義著
140 琦君說童年　琦　君著
141 域外知音　張堂錡著
142 遠方的戰爭　鄭寶娟著
143 留著記憶・留著光　陳其茂著
144 滾滾遼河　紀　剛著
145 王禎和的小說世界　高全之著
146 永恆與現在　劉述先著
147 東方・西方　夏小舟著
148 嗚咽海　程明琤著
149 沙發椅的聯想　梅　新著
150 資訊爆炸的落塵　徐佳士著
151 沙漠裡的狼　白　樺著
152 風信子女郎　虹　影著
153 塵沙掠影　馬　遜著
154 飄泊的雲　莊　因著
155 和泉式部日記　林文月譯・圖
156 愛的美麗與哀愁　夏小舟著
157 黑　月　樊小玉著
158 流香溪　季　仲著
159 史記評賞　賴漢屏著
160 文學靈魂的閱讀　張堂錡著
161 抒情時代　鄭寶娟著
162 九十九朵曇花　何修仁著
163 說故事的人　彭　歌著
164 日本原形　齊　濤著
165 從張愛玲到林懷民　高全之著
166 莎士比亞識字不多？　陳冠學著
167 情思・情絲　龔　華著

⑯⑧說吧，房間　林　白著
⑯⑨自由鳥　鄭　義著
⑰⓪魚川讀詩　梅　新著
⑰①好詩共欣賞　葉嘉瑩著
⑰②永不磨滅的愛　楊秋生著
⑰③晴空星月　馬　遜著
⑰④風　景　韓　秀著

⑰⑤ 談歷史 話教學

張元 著

作者以二位高一新生對歷史課程的困惑為引子，藉著師生座談對話的方式，從北京人時代到西晉，針對高中歷史教材，試圖以「史料閱讀」的方法鮮明地建構各代的歷史圖像，在活潑的對白間既談歷史意涵又話歷史教學，相當適合高中教學的參考。

⑰⑥ 兩極紀實

位夢華 著

任何人想要親臨兩極之地恐怕都不是件容易的事。作者因從事研究工作之便，足跡跨越兩極，將在極地所見所聞之動物奇觀、自然景致乃至當地所受文明衝擊，或以幽默輕鬆，或以深沈關懷的筆調娓娓道來，是無緣親至極地的讀者絕不可錯過的佳作。

⑰⑦ 遙遠的歌

夏小舟 著

世上只有兩種人，男人和女人。然而男女之間的恩愛情仇，卻糾葛難解。本書作者以一篇篇幽默的短篇故事，道盡世間男女的愛恨嗔痴。在她細膩委婉的筆下，愛情的本質和婚姻的面貌都一一呈現，必可帶給你前所未有的感受與體悟。

⑰⑧ 時間的通道

簡宛 著

「人生，是一條時間的通道，每一個人所走的方向和目標雖然不一樣，但是經過的路程卻是相似的……」當人們沈溺於歲月不待人的迷茫和感嘆時，作者平實的筆調將帶著我們對生活多用一點心思和一點執著，會使我們的「通道」裏，留下一點痕跡。

⑰⑨ 燃燒的眼睛

簡宛 著

作者以自身多年來在美國的異域生活為背景，輔之敏銳的觀察力、豐富的情感、濃郁深摯的筆調，從而幻化出一篇篇感人肺腑的故事。尤其對於旅居海外異鄉遊子們的心境描寫更是深刻動人，是一本值得再三玩味的小說。

⑱⓪ 月兒彎彎照美洲

李靜平 著

沒來美國時還不知那生活啥款；來了才知樣——啊！真夭壽！　來到美國，是穿梭在黑白紅黃人群間；或在房裡看華語電視？是在壁爐邊吃耶誕大餐；還是窩伴著一桌熱火鍋？在忙碌的陽光下，可想起夜空裡一彎新月？月兒彎彎，訴說的又是誰的故事？

⑱① 愛盧談諺詩

黃永武 著

諺詩，是指用諺語聯成的詩，由於聯接巧妙加上意外組合，因此往往會有不可料想的妙趣出脫。如捉豬上板櫈，走馬看天花；成人不自在，做鬼也風流，等等。本書將帶你悠遊中國式幽默，探索諺語的源頭，喜愛好書的你，可千萬不能錯過！

⑱② 劉真傳

黃守誠 著

劉真，一位自四十年代開始影響國內教育最鉅的教育家。本書自劉真先生家學淵源寫起，隨著時間軌跡，記錄了他如何在風雨飄搖的年代裡為教育此類百年大業做出努力；因此雖然本書為劉真先生個人傳記，卻同時也是了解現今教育體制的最佳參照。

⑱ 天涯縱橫

位夢華 著

以兩極生態氣候的研究為基礎，作者建構了此書的論理與想像世界。內容從極地景致、開拓艱辛及天文物理觀念，引申至有關宇宙天人及環保的許多想法，包容科學與文學，兼具知性與感性。讓您在詼諧而深切的筆調中，激發對地球的關懷與熱愛。

⑱ 新詩論

許世旭 著

中國詩歌，無論新舊，是一座甘泉，若不掬飲，口渴神焦，……。作者係韓國人士，長年沈浸在中國文學之中，對於在中國新詩的源起及兩岸新詩風格的異同，均有獨到而精闢的見解。是讀者拓寬視野，更深入了解中國新詩之發展所必備的好書。

⑱ 天 譴

張 放 著

「一不埋怨天，二不埋怨地，只是咱家命不濟，生長在這亂世裡。」于祥生，一位山東流亡學生，民國三十八年隨政府搭乘濟和輪來到澎湖，卻萬萬沒料到會遭逢一場史無前例的政治騙局，他的人生、情愛就在這時代悲劇與宿命的安排下，無奈地上演。

⑱ 綠野仙蹤與中國

賴建誠 著

一本融和理性與感性的著作，以經濟分析的專業素養，將關懷的筆觸，延著供需曲線帶進閱讀的天空。那一篇篇翔實的數據，是驗證生活的另一種形式；那一篇篇雋詠的小品，則是理性思維的靠墊。不管你來自士農工商，本書都能提供一場知性洗禮。

⑱⑦ 標題飆題

馬西屏 著

一個出色的報紙標題不僅要精簡準確地傳達新聞訊息，更要能表現文字的優美和趣味，這可是一門藝術。近年來報紙解禁，各種充滿巧思創意的標題紛紛跳上版面，等著要攫取你的注意。小心！一場報刊標題的革命正在編輯枱上悄悄進行……

⑱⑧ 詩與情

黃永武 著

詩以情為主，作者長期浸淫於古典情詩，擷採珠玉，編綴出男女的愛情、家人的親情、入世的世情與出世的忘情種種世態人情。文中所引，首首如新摘茶筍，簇新可喜，且解說精要，切緊詩旨，能帶給您全新的視野與怡然的感受。

⑱⑨ 鹿 夢

康正果 著

從大陸西安到新大陸東岸的小鎮，不同的國度有著不同的風土民情，但在作者細膩的心思與敏銳的觀察力之下，它們之間起了微妙的關聯。長期旅居海外的作者，將他生活中的點點滴滴，轉化成一篇篇清雅的散文精品，將讓您領會閱讀的雋永與甘美。

⑲⓪ 蝴蝶涅槃

海 男 著

「一個生活在舊時代的女人，她生活在男人之中不如說是生活在戰爭之中，她生活在戰爭之中不如說是生活在蝴蝶之中。一個生活在蝴蝶之中的穿中國旗袍的女人，其靈魂終究會像蝴蝶一樣四處飛翔。」而她的歸宿，竟在何方？

⑲半洋隨筆

林培瑞 著

本書是林培瑞教授一篇篇關於他對中國的研究、感想、社論、訪問等合集。作者熱愛中國文化，對當代中國的社會、政治、文學、藝術等無不關心；綠眼黃髮，是位十足的「洋人」，但他對中國的關懷，無不流露在字裡行間，值得我們細細品味與深思。

⑲沈從文的文學世界

王繼志
陳龍 著

沈從文，一個身處於三〇年代的作家，如何在這動盪的中國社會環境中，發揮自己創作及人格上的獨特性，以享有「中國的大仲馬」的美譽呢？作者由政治學、社會學、美學等多種不同角度切入，帶領我們逐步探索沈從文謎一般的文學世界。

⑲送一朵花給您

簡宛 著

本書作者自離臺赴美留學後，便長期旅居美國，迄今已逾二十年。書中有著許多海外生活的點滴，又有往來中國大陸、美國、臺灣所觀察到的各種社會現狀，有針砭亦有從關懷出發的諄諄叮嚀，使得全書層次豐富，文趣盎然。

⑲波西米亞樓

嚴歌苓 著

作者為生於上海、旅居海外的優秀作家。本書除蒐羅其在美生活點滴、寫作歷程及心得，更有對書作、電影之所感所懷。洗鍊的文筆、豐華的文采，加之發自心靈深處的感動，這一篇篇雋永、情摯的佳作，縮短了作者與讀者間的距離。

⑲⑤ 化妝時代

陳家橋　著

陳，在一次陌生人闖入的情形下，成為一個殺人的疑犯，他必須找尋凶手，找尋這個和他打扮一樣的陌生人；就在他從化妝師那尋找線索時，他落入一個如真似幻的情境，在無法自拔時，他被指為瘋子，被控謀殺，他要如何去面對這一切的問題⋯⋯。

國家圖書館出版品預行編目資料

鹿　夢／康正果著. --初版. --臺北市
　：三民，民88
　面；　公分. --(三民叢刊;189)
ISBN 957-14-2923-6 (平裝)

855　　87016013

網際網路位址　http://www.sanmin.com.tw

著作人　康正果
發行人　劉振强
著作財產權人　三民書局股份有限公司
　臺北市復興北路三八六號
發行所　三民書局股份有限公司
　地　址／臺北市復興北路三八六號
　電　話／二五〇〇六六〇〇
　郵　撥／〇〇〇九九九八——五號
印刷所　三民書局股份有限公司
門市部　復北店／臺北市復興北路三八六號
　重南店／臺北市重慶南路一段六十一號
初　版　中華民國八十八年一月
編　號　S 85446
基本定價　叁　元
行政院新聞局登記證局版臺業字第〇二〇〇號

ISBN 957-14-2923-6 (平裝)